Алвег Спог

Исключение

Рассказы

С благодарностью

за возможность поделиться.

ISBN 978-0-578-55523-2

Содержание

Визит

Как всегда в конце года компания прислала мне памятку, что моя медицинская страховка подорожает. Лениво перелистывая страницы с длинным перечнем мед услуг, я обратил внимание на одну из новых. Называлась она Психологическая помощь. Привлеченный фразой, что компания полностью покрывает расходы на консультации, я решил попробовать. В помощи я не нуждался. Но так считал только я.

Мое первое впечатление от визита к врачу было положительным. Во-первых, секретарши не было. Был секретарь, полный блондин с мечтательным взглядом. Это расслабляло. Нет ничего хуже, чем, скажем, секретарша модельной внешности у врача-уролога. Во-вторых, вместо кучи журналов в неаппетитных пятнах и с надорванными обложками у стены стоял небольшой книжный шкаф в три полки. Внизу стоял четырехтомник Черчилля "История англо-говорящих людей," "Анекдоты" Клифтона Фадимана и "Кентерберийские рассказы" Чосера. Набор разного был на средней полке. Но поразила меня самая верхняя. На ней лежали вперемешку пакеты Snickers, M&M и "Три Мушкетера." Несколько ослабляло эффект наличие в углу приемной маленького водопада и озерца размером с салатницу.

Почему-то сразу пришло на память бюро похоронных услуг. Там это часть дизайна.

Врач-психолог был средних лет, невыразительной внешности, и без очков. Я сел в кресло, он углубился в анкету, которую я, как новый пациент, заполнил в приемной. Его первый вопрос меня насторожил,

- Вы сами решили прийти на прием или Вам порекомендовали?

- Мне порекомендовали, но решил я сам.

Он черканул в анкете,

-Что Вам удобнее: отвечать на вопросы или просто обьяснить, что Вас беспокоит? Да, и, конечно, если Вы будете чувствовать себя комфортнее на диване, то…

-Нет. На диване я усну. У вас, доктор, тихо и прохладно.

Он приподнял бровь,

-- То есть, у Вас дома жарко и шумно?

-Давайте, доктор, я лучше все сначала.

Он слегка улыбнулся,

-Хорошо, давайте сначала. Только, прошу Вас, "сначала" не значит "…Вначале Бог создал Землю и увидел Он что это хорошо…" Старый анекдот. Прошу Вас.

- А сколько у меня времени?

-Не беспокойтесь. Я Вас предупрежу за 5 минут до конца этой сессии. И если Вам понадобится что-нибудь в про-цессе сессии, не стесняйтесь, дайте мне знать. Я здесь, чтобы помочь Вам.

Я откашлялся, громко проглотил слюну.

-Итак, исходный вопрос. Что Вас беспокоит?

-Понимаете, доктор, меня ничего не беспокоит.

И, заметив его чуть напрягшееся лицо, уточнил,

-Меня, доктор, ничего не беспокоит. Меня все раздра-жает.

Он молчал и я вспомнил, что буду говорить без наводящих вопросов. О чем? Обо всем, что меня раздражало. То есть, обо всем. Только сейчас, сидя в этом кресле, я понял, ка-кая же это роскошь! Говоришь, что хочешь, почти сколько хочешь. И никто не перебивает. Никого не надо убеждать и перекрикивать. Никто не посчитает тебя сумасшедш…Ну, вот так далеко я бы не заходил. Все-таки я у врача а не в баре.

Ну, а с чего начать? Так много накопилось. Ладно, открою рот и что первое пойдет, то и начало.

- Понимаете, доктор, меня бесит, выводит из себя, раздражает и сильно нервирует то, что происходит в нашей стране, начиная с 2008 года. Это ничего, что я начал с политики?

Он молча кивнул. Лицо бесстрастное, ничего не записывает, ничего не крутит в пальцах. Смотрит на меня внимательно, руки расслаблено на подлокотниках.

Я эмоционально изложил свое видение выборов 2008 года, с большим сарказмом отозвался о Нобелевской премии мира, данной в аванс. Попытался в лицах воспроизвести некоторые зарубежные выступления нашего президента того периода, но был остановлен многозначительным покашливанием.

-Доктор, Вы извините, но я бы хотел слегка остановиться на проблемах Ближнего Востока и Украины. Мне можно ходить по кабинету?

-Если Вы совсем не можете обойтись без этого, прошу Вас. Только, пожалуйста, не заходите мне за спину.

-Вы боитесь меня?

Он, без улыбки,

-Еще нет. Врачебная этика не предусматривает пациента, намеренно заходящего доктору за спину.

Мне уже надоело сидеть в кресле и я начал ходить перед столом доктора. Сначала небольшими кругами и мелкими шажками. Потом, войдя в настроение и заложив руки за спину, я ходил перед врачом, как Граучо Маркс в фильме "Animal Crackers". Я не говорил в пустоту. Я обращался к врачу. Напрямую.

 Когда я высказал свое мнение о Кнессете, ООП, Хамасе, и Иране вообще, а о их лидерах в частности, то заметил, что пальцы левой руки у врача начали судорожно двигаться. Ну, вроде как к горлу подбираются, но не к своему.

Ненадолго остановившись, я, без приглашения, открыл одну из бутылочек с водой, стоящих у дивана, и немного отпил. Потом достал из кармана унесенные из приемной две шоколадки "Три Мушкетера" и вопросительно взглянул на врача. Он кивнул. Я подошел к его столу и положил

перед ним одну шоколадку. По-моему, он на мгновение за-
жмурился.

-Извините, доктор. Когда я волнуюсь, то хочется сладкого.
Ничего, что я так?

- Абсолютно нормально. Но, прошу Вас, продолжайте. Вы,
если не ошибаюсь, остановились на проблеме призыва ортодоксов в израильскую армию.

-Спасибо, я помню. Так вот, еще Дизраэли в своей знаме-
нитой речи…

Легко и ненавязчиво я перешел от ортодоксов к присоеди-
нению Крыма Россией, памятникам основателям УПА, ва-
лютным проституткам и еврейским олигархам. Тут, впервые врач поднял руку. Я замолчал. Наверное, пять минут
осталось. Он предупреждает. Я ошибся.

- Очень любопытно. Но это достаточно депрессивный, скажем так, негативный взгляд на мир. Ну, для сравнения,
есть ли у Вас какой-нибудь положительный отзыв? Или
мнение?

-Конечно, доктор! У меня еще есть время?

-Я Вам сказал, что предупрежу Вас за пять минут до конца сессии. Не зажимайтесь и не смотрите на часы. Смысл сессии в том, что бы Вы раскрылись. Прошу Вас.

И я продолжил раскрываться. Я поделился с врачом своим восхищением президентом, избранным в 2016 году. Кратко, ну так я считал, я проанализировал все 287 достижений президента всего за два года. Высказал свое мнение по поводу того, как повезло стране, которую впервые за ее историю возглавил бизнесмен. Не адвокат и не генерал. А очень успешный бизнесмен, который не боится играть ва-банк, понимая человеческую психологию. Чувствуя неподдельное внимание со стороны врача, выражавшееся в нервном подергивании левой половины тела, я доверительно сообщил ему, как мне нравятся дикторши телекомпании Фокс. Особенно…

Но тут он выпрямился в кресле и, придерживая правой рукой свою трясущуюся левую, сообщил мне, что осталось 5 минут.

Я помолчал, а потом просто сказал,

-Вот это доктор, часть того,   что меня раздражает.

- Как Вы смотрите на то, что Ваши сессии будут не раз в неделю, а три?

-Вы, доктор, считаете это необходимым?

-Да. Скажу Вам больше. Считаю, три раза в неделю не-
обходимыми. Но недостаточными. Посмотрим на степень
прогресса.

Я согласен, что чем больше сессий, тем быстрее у доктора
пройдут спазмы и подергивания. Чувствую, что он начинает со мной соглашаться.

Встречи одного дня.

Он появлялся почти всегда в одно время. Он был одет, как для треккинга через пустыню. Независимо от сезона . То есть, широкополая шляпа, солнцезащитные очки в пол лица, фланелевая рубаха, высокие ботинки на толстой подошве, так называемые "парашютные," и джинсы. Шел он быстро, даже вгору, шаг у него был широкий и я даже не пытался за ним угнаться.

  После полудня в каньоне, где я ходил и бегал в течении многих лет, было жарко и безлюдно. Нормальные люди ходили туда сжигать калории по выходным и, в основном, утром. Нормальные, потому что. В остальные дни там был я. И он.

Наши встречи не нарушали безмолвие. Иногда он, проскакивая меня, приветственно поднимал руку и продолжал уверенно и быстро идти вгору, не оборачиваясь. Со временем я стал воспринимать его, как часть сожженного 6-летней засухой пейзажа. Другими словами, если я его не встречал, то считал, что не туда приехал.

Тропу за годы я знал напамять. И все равно, в каждый мой приход я чему-то удивлялся. Позавчера-это стоящий у самой тропы маленький походный столик, на котором были разложены грудками сырные палочки. Я постоял, негромко произнес "Алло" пару раз. Никто не появился. Сегодня, это был…да нет, палочки я не тронул, вдруг для змей.

 Сегодня это был олененок. Он возник из травы где-то в 20 футах от меня. Легкий, как облачко. Он смотрел на меня, я на него. Впервые понял, кто был прототипом для Бэмби. Понял бы еще чего-нибудь, но почувствовал на себе очень внимательный взгляд. Сзади. И очень близко. Помня Закон Братьев Стругацких – Не делать резких движений, - я медленно обернулся. На меня смотрела мама. Бэмби мама. Настоящая, большая, и с наточенными рогами. Ушел я боком. И, по-моему, бормотал какую-то глупость, типа "Спасибочки, заходите еще."

А когда я перебирал ногами вверх по склону, который недаром окрестили "Киллер," меня обогнал тот, кто всегда меня обгонял, идя вверх. Он, как всегда, приветственно поднял руку, и не оглядываясь быстро зашагал вперед и вверх. Он уже почти исчез из виду, когда я увидел, что он остановился. Потом обернулся в мою сторону. А потом, вообще не по сценарию. Он замахал рукой, призывая меня остановиться.

   Меня упрашивать не надо было. Мой язык волочился сзади и я переставлял ноги только потому, что очень хотел дойти до машины. До верху было еще метров сто. Я стоял на очень задранной вверх тропе и смотрел, как он сбегает ко мне. Не шагает, а именно сбегает. Подскочив ко мне он, не говоря ни слова, с силой придавил мое плечо, так что я просто уселся на землю. Он плюхнулся рядом. Дыхание я еще не приобрел, поэтому ничего не сказал. Хотя ни черта не понял. Он вдруг резко наклонил голову и закрылся руками. И тут я услыхал. Разьяренный гул тысяч диких пчел. Не жужжание. Жужжало веретено у Арины Родионовны, у Пушкина. Это был гул. Целое облако медленно закружилось над нами.

По-моему пару сотен уселось мне на шею. Не знаю. Я понял лишь одно, если шевельнусь, то это будет последнее, что я сделаю. Краем глаза я увидел, что облако начало медленно дрейфовать вверх, туда куда я стремился.. Ветра не было, солнце палило, я хотел было приподняться, но он сказал,

-Надо еще подождать. На нас могут еще ползать эти твари.

Кто бы возражал? Спустя короткое время он поднялся и я последовал его примеру.

-От них не убежишь. Надо садиться и не двигаться. Тогда, может, пронесет. Это если не дергаться и не пугать их.

-Спасибо, а то я прямо в рой этот шел.

-Я увидел. Сам еле успел выскочить. Тут полно цветов горчицы, так они там и крутятся. Придется идти к парковке по низу.

Хирург на пенсии, он сделал пешие путешествия главным занятием. Сказал, что недавно прошагал все 500 километров Saint Paul Trail. Это что в Турции начинается. Готовится к треккингу в Гренландии. Обратил внимание на постоянство, с которым я появляюсь здесь. На вопрос, к чему готовлюсь я, ответил, что просто получаю удовольствие.

Домой я ехал в приподнятом настроении. Интересные встречи, но день-то еще не окончился. Оказался прав. Моя машина вдруг закричала. Громко, но не истерично. Так кричат, когда все вспоминают. И быстро. Вспоминают бесконечные пустые дороги Северной Канады. Заброшенные придорожные кафе, где в меню всегда есть салат и жареное мясо. Одинокие заправки, где в наличии только дизельное топливо а следующая - где-то в трех часах езды. Натуральные источники кипящей воды прямо у дороги. И вокруг никого, кроме холодного ветра и где-то на горизонте зеленоватых гор.

Вспоминают запах горелой изоляции, раскаленный руль и коробящиеся прямо на глазах пластмассовые панели. Это уже Аризона, где дорожное покрытие ослепляет даже сквозь солнцезащитные очки. А с выставленного в окно локтя отваливается кусками пересушенная кожа. И где рядом с тобой на парковке оказывается пару дюжин Кадиллаков. И каждый длиной с больничный коридор. Это их ежегодный раут. Ты , моя машина, это понимаешь и жмешься к забору.

Ирреальные пустыни Калифорнии, где не всегда понятно или это мираж или новый оазис с миллионными домами, пальмами и бассейнами. Что тоже мираж.

Дороги Невады. Некоторые названия говорят водителям, чего ждать. Например, Межпланетное шоссе. Или Самое скучное шоссе. А чего ждать, если в 40 милях от ближайшей заправки голосует девушка в вечернем платье? Это где-то пополудни. И просит подбросить ее, так как она опаздывает на лекцию. Конечно, это было на Межпланетном шоссе.

Вспоминают дороги, где разьехаться невозможно. И один пятится назад четверть мили, чтоб другой проехал. А бесконечные подьемы в гору, когда имеешь большое желание выйти и подталкивать. Не хуже и бесконечные спуски с поворотами, когда несмотря ни на что движешься все быстрее.

Она все еще кричит. Громко, но не истерично. Так кричат, когда все вспоминают. И быстро. Никто не может заставить ее замолчать. И надо торопится и все сказать , поскольку уже подьехал эвакуатор. И пожарные. И полиция. Но она всего этого не видит, так как взорвавшиеся подушки безопасности и свороченные от удара фары лишили тебя, мою машину, зрения. Но не памяти.

 Вот если бы всего 43 секунды назад леди 1930 года рождения не решила обогнать красный сигнал светофора и вот так, мимоходом, поставить на тебе крест. И в первый и последний раз ты напомнила мне, что все помнишь. Все 380, 000 миль и все 25 лет вместе. И на этом день встреч окончился.

Дело случая

-Советский Союз занимает площадь в 22. 4 миллиона кв.

км,

произнес я уверенно.

Лица моих коллег выразили ничего. Было около семи вечера. Официальный рабочий день закончился в пять, но
ситуация требовала сверхурочных усилий и наша группа
осталась. Мы знали, что плата за сверхурочную работу
для инженеров начинает считаться только после двух часов
сверхурочной работы. Другими словами, с 5 до 7 мы работали ради удовольствия. Безо всякой оплаты.

Поэтому, перед тем, кто начать работать за деньги, мы
спустились   в кафетерий на первом этаже, чтобы
набраться сил. Кафетерий был закрыт, но конфетные ав-
томаты-три- были задействованы. Минут пять мы были за-
няты прожевыванием шоколадок Milky Way, а потом нас
потянуло на дискуссии. Советский Союз развалился совсем недавно, поэтому в группе мне, как единственному
оттуда, пришлось за все отвечать.

-Ты бы рассказал нам, откуда вообще все появилось у вас. Ну, А-бомбу вы у нас украли. Компьютеры тоже. Вообщем, у нас еще 15 минут, так что, давай, кайся.

Я понял, что надо сделать так, чтобы больше с этим не приставали. Поэтому я начал с "Песни о Вещем Олеге" в моем изложении. В деталях расписал смерть князя от укуса гюрзы. Рассказал, какая гадина эта гюрза и где живет сейчас. Потом сразу же перешел на Ивана Грозного, с садистическими подробностями описал казни и пытки. Затем, по наитию, передал в лицах сцену у фонтана из "Бориса Годунова" А.С Пушкина Весь этот исторический Ceasar Salad я закончил словами,

-И всего этого нас лишила Революция 1917 года под руководством Ленина. Хотя есть подозрения, что у Ленина была 1/256 часть еврейской крови.

Наивный, я думал, что после такой ковровой бомбардировки все скорее пойдут наверх, к работе. Вместо этого,

-Еще шесть минут осталось. Чего замолк?

Следующие пять   с половиной минут я вел себя, как гид на ВДНХ. Когда время истекло, мне задали тот самый вопрос, которого я не хотел,

-Так а чего же вы развалились?

Мой ответ,- Из-за вас, -вызвал смех и оживление в зале. И когда мы уже поднимались к себе, кто-то произнес,

-Слушай, а чего бы тебе об этом не написать?

Не сразу, но я послушался. Процесс шел долго и мучительно. Я решил все написать по-английски, хотя знал язык приютившей страны очень так себе. Интернет только начал завоевывать пространство. Никакой электронной помощи не было. Никто даже не знал, что она возможна.

 Успокаивая себя тем, что Н. Гнедич перевел "Илиаду" Гомера, когда не было электричества, а "Розетта" письмена были высечены вообще на камне, я писал по принципу "Чем толще-тем лучше." Писал все, что придет в голову. А в голову приходило все. От цен на галоши до смерти Сталина.

 Найти английские эквиваленты таким прекрасным словам, как "промокашка," "перочистка", "чернильница-невыливайка," "первоклашка," "ВКПБ," Сельхозтранс," и "Укрзализныця" не представлялось возможным. Ну разве carbon copy может хоть как-то передать термин " под копирку"? А как язык Барда может вместить в свою сокровищницу обьемную характеристику "мудозвон?".

Словарь помогает грамотным людям. Мне он не помогал.
В предложении из 20 слов, десять были из словаря. Слова
были, смысла не было. Если бы мне кто-нибудь сказал, что
я сам себе это все назначу, то я бы рассмеялся громко и в
лицо. Меня никто не заставлял и, поэтому, было еще
труднее. Я не мог сослаться на то, что не успеваю, что у
меня семья, дети, работа. Меня никто не гнал. Никто.
Кроме меня самого. Я сам повесил этот камень себе на
шею и с гордостью деревенского идиота таскал его на себе.

Мне казалось, что я вспомнил все, что знал и хотел бы
написать Ну, не считая таких случаев, когда в круглосу-
точном детском саду я, после очередного утренника в
честь дедушки Ленина, не успел донести свой восторг до
горшка. Или когда моя пассия в 5 классе во всеуслышание
заявила, что я целуюсь, как слюнявый щенок. Я хотел ответить, но не знал, как по приличному назвать собаку жен-
ского рода, поэтому, гордо хлюпнув носом, ушел страдать
всю большую переменку в туалет.

 Вроде бы вспомнил все, а страниц в манускрипте было
мало. Сколько я бы хотел, чтобы было? Ну, как в "Тайне
двух океанов." Я считал, что толще книг не бывает. Иногда
меня посещали несуразные мысли, типа, ввести в книгу
полный текст отчетного доклада Л.И. Брежнева на 23

сьезде. Я был готов и на это, но меня вовремя остановила мысль об авторских правах. Не хотелось мне ссориться с наследниками Брежнева и его референта из-за авторских прав.

Наконец наступил год, когда я почувствовал, что отлич-ное-враг хорошего. То есть, пора остановить писанину. Манускрипт уже выглядел солидно. По толщине равен восьми ресторанным меню в твердых обложках. Заставить себя прочитать все от начала до конца я не смог. Казалось, что может быть проще, чем найти в англо-говорящей стране человека, который бы согласился прочитать мою "нетленку." Я попросил своего коллегу, родом из Бостона, "просмотреть" мое скромное творение. А все знают, что са-мые культурные живут в Бостоне. Это жители Бостона всем внушили. Он просмотрел. Это заняло 4.5 месяца.

-Ну как?

-М-м-м...

-Ну, а если вообщем?

-М-да. Слушай, на каком языке это написано?

Я знал етот известный вопрос, адресованный физику Лео Сцилларду после прочитанной им лекции. И ответ тоже. Но, почему бы не подыграть? И так уже понятно.

-Как, на каком языке? На русском, конечно.

-Та я понял, что на русском. Не понял, зачем ты напихал туда столько английских слов?

-Много ошибок?

-Да нет. Одна серьезная: зачем ты это все написал? А все остальные, типа, неправильное употребление определенного артикля "the" и "Past Perfect Continuous"-ерунда.

-Понятно. Ну, а общее впечатление?

-Ужасное! Да шучу, интересно. Просто тяжело читать из-за множества ошибок.

-Слушай, а ты бы не мог подправ…?

-Ну, если ты не торопишь, то попробовал бы. Но при одном условии. Да не сжимайся, денег не прошу. Ну, вот так, расслабься. Условие такое: ни при каких условиях мое имя не упоминать в отделе Благодарности.

-Какие еще Благодарности? Кому? И за что?

-Дикий ты. В каждой книге есть Предисловие. Preface. А после Предисловия идут Благодарности. Acknowledgements. Автор обязан благодарить издателя, друзей, знакомых, семью, своего агента, вообшем, всех.

-А что, иначе не напечатают?

-Напечатают. Но уже не так. Вообщем, почитай, как издают книгу. Написать текст-это как с горы плюнуть. Любой графоман, не обижайся, это может. Самое главное-это издать не за свой счет. Короче, попробую отредактировать. А ты иди учись. А меня не торопи.

Я терпеливо ждал 19 месяцев. За это время я понял, насколько был прав мой коллега, назвав меня диким. Я и понятия не имел, насколько это сложный процесс издать книгу не за свой счет. Хорошо было Александру Радищеву. У него была своя типография. Вот и получилась “Путешествие из Петербурга в Москву.”

Когда я получил отредактированный манускрипт-мы говорим о бумажном варианте-то увидел, что он светился. От красных чернил, которыми были сделаны поправки. Не было параграфа, который не подвергся “тряске, усушке и корчеванию.” Особенно меня впечатлил текст записки, приколотой на титульный лист:

"Сделал все, что мог. Исправил основные погрешности грамматики. Основные только. Стиль не трогал. Пускай этим занимается лошадь- у нее большая голова. А если серьезно-то неплохо. Не знаю, сколько лет займет у тебя исправление, но окончательный продукт может быть не противным.

Подпись: Дэйл

PS. Даже если буду подыхать с голоду-в жизни не возьмусь за такую работу."

Исправление ошибок заняло время, но меньше, чем я ожидал. Окончательный вариант выглядел толстеньким, слегка пузатеньким и внушал уважение и весом и размерами. В библиотеке я взял огромный том, который включал адреса всех издательств Америки и Канады. Купил две коробки конвертов по 500 штук, составил текст сопроводительного письма и начал загружать почту. Я отправлял вначале только письма. А если высказывался интерес, тогда посылал текст. Ответы на письма я получал быстро, в течении 3-4 недель. Меня благодарили, отказывались, и в конце снова благодарили. Почтовые расходы росли. Некоторые адреса включали и имаил. В этих случая ответ приходил в течении недели. Но это хоть бесплатно.

В этом библиотечном томе было около 980 адресов издательств. Я послал свое письмо почти во все, за исключением издательств для самых маленьких и кухонных книг.
Но, наконец, наступил момент, когда начали просить 3-4
главы манускрипта. Но с припиской, что если я хочу получить этот материал обратно, то должен вложить еще и до-
полнительный конверт с соответствующим количеством
марок. Желание славы и денег-страшная вещь. Знаю по
себе. Ни за что в жизни я бы не пошел на такие феноме-
нальные расходы, если бы не желание увидеть свое имя на
обложке своей книги. А если просили весь манускрипт,
то, к примеру, такая посылка в соседний штат с обратным
конвертом стоила тогда один поход за продуктами на неделю на одного человека. И это тогда, когда почтовая
марка стоила всего одну треть от нынешней цены. Ответы,
в основном, были стандартные, но некоторые запомнились,
так как отвечали по телефону.

--Мы получили Ваш материал, но прежде, чем мы будем
его рассматривать, у нас к Вам один вопрос.

-Да, конечно.

-Есть ли у Вас в тексте нецензурные выражения, описания
постельных сцен между особами разных полов или тюрем-
ныс сцепы с описанием содомии в душевых комнатах?

-…???

-Алло, я Вас не слышу? Алло?

-Да…, извините, я здесь. Нет ничего такого. Точно нет.

-Понимаете,   у нас-издательство христианской литературы, и мы не хотим не только издавать подобные мерзо-
сти, но даже и читать их.

 -Да нет в этом манускрипте ничего подобного! Уверяю
вас.

Ответ меня потряс,

-Жаль.

Время шло, но ни одного положительного ответа я не получил. Некоторые ответы я ждал по нескольку месяцев-ни-
чего. Посылал письма в Австралию и Новую Зеландию.
Посылал в университетские издания по всей стране. Ничего.

В один из ноябрьских дней, в разгар так называемого Ин-
дейского Лета, когда кажется, что в году три августа, и три
июля подряд, я зашел охладиться в библиотеку. Вода в
местном бассейне ниже 27 градусов Цельсия не опуска-
лась. И наличие в ней трех десятков распаренных и потных
тел полностью убивало желание охладиться.

В библиотеке было малолюдно, слегка сумрачно и умеренно прохладно. Я сел в кресло и закрыл глаза. Захотелось спать. Что-то шуршало подо мной и мешало отключиться. Это оказался оставленный кем-то номер The *Wall Street Journal*. Финансовые новости меня не интересовали. Бизнес тоже в такую жару не шел. Я начал просматривать короткие заметки на предмет убийств, нераскрытых преступлений, и интервью с очевидцами НЛО. И наткнулся на маленькую заметку, где сообщалось, что начинающие авторы могут за умеренную плату получить имэйлы редакторов ведущих книжных издательств. Вечером я позвонил по указанному телефону в Нью- Йорк.

-Здравствуйте, я звоню по поводу обьявлениа об услугах ваша компания предлагает.

-Добрый вечер! Могу я узнать , где вы прочли это обьявление?

- The *Wall Street Journal* за прошлую неделю.

-Да, мы предоставляем такие услуги.

-Вы могли бы чуть конкретнее?

-Конечно. Если Вы покупаете наш сервис, в течении 10 минут Ваше письмо-предложение будет отправлено на 730 имаилов редакторов ведущих издательских компаний страны. И в Канаду тоже. Эти имаилы в обычных справочниках недоступны.

-А что я должен сделать, чтобы купить ваш сервис?

-Просто купить его. Я говорю Вам цену. Вы даете мне номер credit card и посылаете свое письмо-предложение мне. В течении получаса, как только платеж пройдет, Вы получите копии всех имаилов я послала с Вашим предложением. Кстати, можете проверить легитимность нашего бизнеса через Better Business Bureau.

Через 20 минут мне перезвонили, что моя кредитка прошла, но есть одна проблема.

-Что за проблема?

-Понимаете, я прочитала Ваше письмо-предложение. Так не пишут. На такое письмо Вам никто никогда не ответит. Полностью непрофессионально, не по существу. Это не письмо-предложение, а скетч для театра миниатюр. Вы уже посылали это письмо раньше?

-Годы посылал.

-Понимаю, что Вы бы не обратились к нам, если бы получили положительный ответ.

Я промолчал.

-Давайте сделаем так. Я сама отредактирую. Ваше письмо. За это плату не возьму. Пришлю Вам копию. Если согласны, то такую версию и отошлем.

Я думал 6 секунд,

-Спасибо, но посылайте так, как есть.

-Ну смотрите, мне просто жалко Ваших денег. На такие послания не отвечают. Посылать Вашу версию?

-Да.

-Ну, хорошо. Я Вас предупредила.

-Я знаю, и спасибо.

Это было около 7 вечера. К 11 часам я получил более 600 имаилов с просьбой немедленно прислать весь манускрипт. Восемь предложений были из сценарных отделов Голливуда. Я раздулся от гордости так, что плыл по квартире, не касаясь пола. Еле дождавшись утра, я позвонил в эту адресную компанию и проинформировал о вчерашнем наплыве ответов.

-Вы не шутите? 600 ответов с просьбой прислать весь манускрипт?

-Да.

-Не могу поверить! Вы не могли бы переслать мне хоть часть этих ответов?

-Да хоть все.

-Ну и ну! Извините меня за мой негатив в отношении качества Вашего письма-предложения. Эта реакция со стороны редакторов просто уникальна.

Я уже не вмешался в собственную кожу. И, по-моему, стал слышать звуки арфы и отдаленные славословия.

-Вы не возражаете, если я включу Ваше имя и то, что произошло в свой рекламный вебсайт.

-Если не имя, а инициалы, то пожалуйста.

-Отлично! Это как же надо быть уверенным в себе, чтобы не поддаться давлению со стороны. Желаю Вам удачи.

Я промолчал, так как хорошо понимал, что никакой уверенности в себе не было. Просто случай. И все.

Жертва

Наша секретарша была молодая, энергичная, эффективная, и симпатичная. И прибыла она из Тулсы, Оклахома. Она могла бы быть и идеальной, если бы не ее язык. Он был острым, но не ядовитым. Она все замечала, мгновенно реагировала, не оставляя камня на камне. Но при этом с такой симпатией и доброжелательностью, что жертв не было. Были обьекты нападения. Я был главным. Не было момента, чтобы бы так или иначе она не комментировала мою прическу , вернее, ее отсутствие, рубашку, бутерброд, акцент, походку, манеру разговора. И выражала ежедневно глубокое сочувствие моей жене. Громко и со вздохом. Когда я что-то говорил в ответ, она слушала очень внимательно, не сводя взгляда с моего рта, а потом, во всеуслышание,

-Ну кто-нибудь может мне перевести, что он сказал? А может он и не говорил, а это у него все нервное? Возрастное?

На что я обычно, пожимая плечами,

-Тулса, Оклахома. К концу года должны первый телеграфный столб установить. Бедная девочка.

И мы, посмеиваясь, возвращались к своим делам. Это всегда было легко, без претензий и без навязывания. Она сама себе устанавливала красную линию и ни разу ее не перешагнула. И никаких конфликтов не было.

Обычно в феврале проходил Месяц Культуры Негритянского Народа Америки. Почти каждый день в обязательном порядке мы собирались в конференц-зале после ланча и выслушивали очередную лекцию. Все было предсказуемо что по тематике, что по лекторам.

В этом плане сегодняшний ланч мало чем отличался от вчерашнего. Как и от позавчерашнего. Я вышел из своего офиса и по пути в кафетерий, случайно бросив взгляд в комнату напротив увидел, что одна из наших инженеров, черная женщина лет 40, сидит, закрыв лицо руками и плечи ее вздрагивают.

-Сьюзан, ты ОК?

Она, не отрывая рук от лица, отрицательно помотала головой.

-Ты чего, что-то дома? Ну не из-за работы же ты?

Она опустила руки, но отвернула голову в сторону так, чтобы я не мог видеть ее лицо,

-Сейчас пройдет. Давай, иди на ланч, не трать время. Я в порядке.

-Подожди, чего, прихватило что-то? Так давай, помогу до медпункта. Я однажды сел на пчелу. Ты не представля- ешь, как быстро я долетел до медпункта. Безо всякой по- мощи.

Она повернулась ко мне, улыбнулась. Глаза заплаканные.

-Лучше бы оса.

-Ну что, между нами. Легче станет.

Она чуть помолчала,

-Между нами. Понимаешь, Ральф подошел ко мне где-то полчаса назад. Я думала по делу. А он,

-Работаешь, как на плантации. С чего бы это?

Я уже хотела ответить, как он вдруг,

-И такая роскошная грудь пропадает.

И не просто кладет мне руку на грудь, а, так сказать, с "прижимом." Понимаешь?

-Да.

-Я ему, мол, пошел вон, скотина. А он наклоняется ко мне и так, негромко,

"You are sellout bitch."

-А чего это он такой моральный вдруг?

-Ты что, забыл, как он взвился пару собраний тому назад, когда я сказала, что "черный" не значит "всегда прав." Все, для таких как он я-продажная шкура. Подстилка для белых, вот кто я.

Я молчал, просто ошарашенный. Этот Ральф, инженер, работал в двух шагах от меня. Здоровая шпала. И черный, как эбонит.

-Понимаешь, если бы он был белым, то его бы через 10 минут здесь бы не было. Дискриминация. Расизм. А так, я-черная, он-черный. Начнутся расспросы, проверки. Не хочу!

-Но Сюзи, так же нельзя оставлять? А если менеджеру сказать?

-Ты мне обещал, что между нами. Не хочу. Пусть он сгорит, эта сволочь. Ладно, иди на ланч. Но, никому. Понял?

-Понял.

В конференц-зале инженеры из нашей группы придержали для меня место в задних рядах. Неудачники оказались в первых. Сегодня докладчик была профессор социологии из большого и известного университета. Я слушал в треть уха. Сцена Ральф-Сюзи не выходила из головы. Но тут я услыхал нечто, что вернуло меня в конференц-зал. Я поднял руку

-Ты что, одурел? Какие вопросы? Пускай уже скорее за-кончится это все,

это сидящий рядом. Я, игнорируя хороший совет, продол-жаю тянуть руку. Типа, "Можно выйти?" Докладчица меня заметила и благосклонно,

-У вас есть вопрос по изложенному материалу?

-Да. Извините, что перебиваю. Боюсь, забуду.

-(шепотом, коллега) Когда же ты онемеешь? Ну хоть на час?

Профессор социологии ободряюще кивнула,

-Да, пожалуйста. Что бы вы хотели спросить?

-Понимаете, профессор, не столько спросить, сколько уточнить для себя. Вот вы сказали, что плавание

Колумба было успешным, потому что на флагманской ка-равелле был черный штурман. Правильно я вас понял?

-Правильно. И что же вы хотели бы уточнить?

Едва устояв на ногах от двух сильнейших рывков слева и справа, чтоб сел и заткнулся, я на одном дыхании,

-Так он хотел в Индию, попал на Карибы. Я понимаю, что это потому, что на флагманской "Santa Maria" был черный штурман?

По моему ряду пронесся слабый стон. Краем глаза я увидел, что несколько человек схватились за головы и сжа-лись ниже спинок кресел. Профессор социологии слегка скривилась и потом, обращаясь ко всем, в том числе и ко мне,

-Вот вам живой пример, как индоктринация со школьной скамьи полностью смещает, или, как говорят инженеры, перекалибровывает понятия. Простите, но откуда вы взяли, что Колумб не знал, куда он приплыл? Где вы это читали?

-В книгах. И не одной.

-Да, один написал, а все скопировали. Это разве научный подход?

Я, почти фальцетом,

-Так можно сказать обо всем.

Она покровительственно улыбнулась и подняла большой палец,

-Браво! Вот так и пишется история. Победителями. В данном случае, белыми колонизаторами.

Я еле удерживался на ногах, так как меня тянули вниз уже три руки. И до моих ушей донеслось сказанное громким шепотом,

-Ну кто там поближе, ну удавите его, наконец!

-Так получается вся история это вымысел?

-В основном, да. И если хотите знать истину-надо обратиться к письменным свидетельствам покоренных белыми колонизаторами народов. Все остальное, это удобные мифы, типа дерева, которое срубил Джордж Вашингтон. Ложь.

Из последних сил пытаясь удержаться на ногах,

-А если нет письменности?

-Очередной миф. Ложь, чтобы прикрыть гнусные преступления.

Я плюхнулся на сидение. Лекция еще продлилась минут 10 и все мирно разошлись. Конечно, комментарии моих коллег по отношению ко мне были очень некомплиментарны. Мягко говоря. Но я был поглощен другим. Я почувствовал какую-то странную связь между омерзительным эпизодом с Сюзи и откровениями профессора социологии. Что-то крутилось, но зацепить не мог.

Я сдержал обещание, которое дал Сьюзен и, надеюсь, ни чем не проявил своего отношения к Ральфу. Далось с трудом. Сьюзен уволилась. Не сразу, конечно. Официально-уход за престарелой матерью. А через несколько месяцев наша секретарша перешла работать в другой отдел. Я изредка обменивался с ней е-мейлами с подколками. Как она обьяснила “…чтобы поддерживать меня в тонусе…”

 Мой стандартный ответ, что единственное развлечение молодых жительниц Тулсы, штат Оклахома, это поездки с местным пастором на бричке от церкви к дому после воскресной проповеди, воспринимались правильно. То есть, ответом в виде смайлика.

Однажды она появилась у меня в офисе, как из ниоткуда. Кивнула головой на выход. И когда мы вышли за пределы

здания, она с минуту молча смотрела на меня и вдруг раз-
рыдалась.

-Карен, что случилось?

-Мне предложили уйти с работы.

Я понимал, что на такие темы не шутят, но, все равно,
глупо спросил,

-Ты что, шутишь?

Она, продолжая всхлипывать, как ребенок,

Не-е-ет.

-Но из-за чего? Не просто же так?

И тут я услыхал,

-Из-за твоего е-меила!

Мне стало нехорошо.

-Как из-за моего е-мэйла? Я же никогда тебе ничего плохого не посылал. Что, я не знаю политику компании по пе-
реписке?

Она отвернулась от меня, облокотилась на перила огражде-
ния, продолжая тихо всхлипывать.

-Какой е -маил? Что за ерунда?

Проходившие мимо две сотрудницы из другого отдела посмотрели на нас и многозначительно переглянулись. Для них все было ясно: она-плачет, он- ни сном, ни духом. Значит, она беременна. Есть что обсудить в рабочее время.

-Ну, ты можешь, наконец, толком обьяснить?

Она обернулась ко мне, глаза ее мгновенно высохли, и она зло,

-Та какое это уже имеет значение? Все. Без работы. Ты не при чем. Помнишь тот детский анекдот ты мне переслал где-то месяц назад. Насчет первоклашки и его мамы. Совершенно детсадовский анекдот. В монастыре можно рассказывать, вспомнил?

-Да. Так там же ничего абсолютно нет.

-Правильно. Нет. Для тебя, меня, нормальных людей. Я, как дура, переслала его своей коллеге, чтоб она подохла, тварь. И она усмотрела крамолу. Послала жалобу в отдел по этике и дискриминации. Знаешь же, кто там сидит.

-Да уж.

-Нет, подойти ко мне, а она сидит за стенкой, и погрозить пальцем. Зачем? Раскрутили весь муравейник. Меня утром сегодня вызвал мой менеджер. Сказал, что ему позвонили из того отдела и сказали принять меры. Он мне сказал, что два раза перечитал тот детский анекдот и ничего не увидел. Но принял меры. Начиная с завтра я- вольная птица.

Та ничего, не привыкать. Пойду в агентство. С моим резюме через неделю буду работать. Противно просто и обидно. Могут и к тебе прицепиться. Ciao, my crazy friend. Может еще пересечемся. Жаль мне твоей жены!

Я не знал ни что сказать, ни что подумать. Внутри как-будто асфальтовым катком прокатили. Я вспомнил тот анекдот. Там был термин "flipchart." И игра слов "flip flop" и "flipchart." Flipchart-это здоровенный блокнот, который обычно используют на презентациях. Его подвешивают на треножник вертикально и перекидывают его большие листы через верх по мере надобности. Что такое "flip flop" обьяснять не надо. Коллега Карен, филиппинка, посчитала термин "flipchart" насмешкой над филиппинцами. После многоходового разбирательства Карен предложили уйти.

И как-то все вдруг выстроилось в логическую цепочку: лектор-социолог, sellout на Сьюзен и flipchart на Карен. Словами обьяснить эту связь я нс могу.

PS. Через полгода Ральфа уволили. Официальная причина- лгал, что в течении недели участвовал как присяжный в судебном процессе. На самом деле гулял.

Без названия

Вьезжая в заброшенный городок, испытываешь странное чувство. Вот что-то тут было, жило, ходило, сморкалось, дралось,- а сейчас тихо, все кончилось. Особенно это чувствуешь, когда вьезжаешь под вечер. Не один раз я проезжал через такие городки. И не все они были последствиями утихнувшей золотой лихорадки.

Но особенно драматично, даже трагично, выглядят заброшенные промышленные обьекты. Их иногда используют для сьемок фильмов ужасов, про инопланетян, или мафиозных разборок. Причина закрытия всегда почти одинаковая, нерентабельность. Другими словами, кто-то тоже самое делает больше и дешевле. Обычно, в другой стране.

На заброшенной шахте или заводе не устраивают имитацию жизни, как в мертвых городках. Там, в городках, по улицам ходят мужчины слегка в раскорячку, вроде как только с лошади. Стетсоны надвинуты на глаза, ковбойские сапоги на небольших каблуках, как и положено, шейные платки правильного цвета, все очень мужественно.

Молодые женщины просто очаровательны в шляпках и платьях из калико до земли. Там же разыгрываются сцены ревности со стрельбой с двух рук. Прямо на улице. Там же идешь почти в настоящий бурлеск, где понимаешь, откуда идут сцены ревности со стрельбой. С двух рук. Актрисы и актеры молоды, симпатичны, играют явно с удовольствием.

Для полноты картины в баре арендуешь за плату, конечно, плоскую жестяную тарелку и, следуя указателям на трех языках, идешь к ручью мыть золото. Оно там есть. Аренда тарелки на день. Но более нескольких часов никто не выдерживает. Стоя по щиколотку в холодной воде в полусогнутом состоянии с грузом в 100 миллионов кровососущих тварей на шее и спине. Они, как в аэропорту, подлетели, нагрузились кровью, уступили место следующим.

Я выдержал полтора часа. Жалел, что у меня нет третьей руки или хвоста, чтобы хоть отмахиваться. Пошел в бар сдавать тарелку.

-Ну, вот намыл кое-что. И тарелку сдаю обратно.

-ОК. Сейчас принесу весы, взвесим, чего вы там накопали.

Взвесили. Потом ссыпали мою добычу в маленькую пробирочку. И дали сертификат, бесплатно. Я намыл золотого песка на 12 долларов 62 цента. В наших ценах. Ага, за полтора часа-12 долларов. Значит , за 365 дней, если по десять часов, неделя отпуска…Получается выгодно. Узнать бы еще, а кому?

Туристические дела, обычное явление. Конечно, далеко не все покинутые городки такого формата. Если вдалеке от натоптанных трасс, то все значительно более пессимистично. Иногда зайдешь в слегка притворенную дверь давно покинутого дома. И все равно, не смотря на остатки мебели, сгнивших обоев, чудовищно быстрых пауков, и остатков цветочных горшков на полу, что-то незримо присутствует. Что-то говорит, да, здесь жили, но что-то случилось, больше не живут.

Я однажды провел в таком мертвом городке почти день. На ночь уже стало страшно. Далеко на севере. Один из домов стоял в стороне от тропы. Когда-то там жил старатель. Или просто отшельник. Места золотоносные. Хотя прошло много лет, все равно, можно было представить какую-то жизнь раньше. Бочкообразная плита с трубой на крышу, какая-то просто детская по ширине полусгнившая деревянная лежанка, огромные гвозди при входе, как

вешалка. Одно оконце. Но, все-таки жилье. Если уж очень
пристало, то можно и переночевать.

И совсем иначе, когда идешь мертвыми цехами, с выворо-
ченными фундаментами станков, оборванными кабелями,
гнутыми трубами и бесконечными ржавыми лестницами.
Там никогда не будут актеры представлять сосредоточен-
ных работяг, раздраженных мастеров, набычившихся
начальников. Потому что любой заброшенный промыш-
ленный обьект, это кладбище. На кладбище не юрод-
ствуют. И не играют на туристов. Здесь никогда не жили.
Здесь работали. Ни разу мне не пришлось встретить без-
домного на груде шлаковаты. Или внутри водяного бака.
Люди ушли и ушла жизнь. Даже в жару внутри промозгло.

Но есть нечто общее и в покинутых городках и заброшен-
ных заводах. Это нечто особенно заметно под вечер.
Темно. Нет света. И если еще как-то можно представить,
что люди уже спят, то ну никак нельзя представить темный,
как битум, завод. Символ заброшенности-нет света. Даже
сейчас можно найти жилье, где живут при свечах. И не в
сьемочном павильоне.

 Промышленности без электричества нет. И современной
жизни нет. Августовская жара за 108 градусов Фаренгейта.
Библиотеки заполнены мамами с грудными и маленькими

детьми, спасающимися от жары. Огромные торговые комплексы тоже служат убежищами для тех, кто не может спасаться в кондиционированных офисах. Но в этих огромных торговых комплексах температура на уровне “Тепло.” И не потому, что кто-то так выставил регулятор. А потому, что мощные кондиционеры не справляются с тепловой нагрузкой. А, ну да, это не в континентальной Африке. Это в Америке.

Кто-нибудь может представить, во что превратятся эти огромные торговые комплексы, если вдруг “подсядет” электроснабжение? Подскажу. В те же мертвые индустриальные кладбища. Ни вентиляторы, ни увлажнители, ни зарядка жизненно-необходимых Айфонов (ну как без Википедии?) , ни автозаправки, ни даже (можете не верить) зарядные устройства для машин Тесла не будут работать. Госпиталя и авиа диспетчерские оснащены дизель-генераторами. Как это, в процессе вазектомии, вдруг погас свет? Иди, потом, обьясняйся с женой, что, мол, не доделали. Света не было.

Но раз бог сказал “Да будет свет!” свет всегда будет. Откуда? Оттуда. Другие дадут. Ну, не может быть, что у других не будет. А не у них, так еще кто-то займет. Именно, займет, ибо за все надо платить. Всегда считал, что это все настолько очевидно, что не требует даже слова обьяснений. Наивно считал. Не так давно, активно участвовал в следующем диалоге,

- А на фига нам все эти дымящие или радиоактивные электростанции? Это все эти корпорации понастроили. Толк какой?

-Ты чего? Без электричества как жить собираешься?

-А ты не иди на поводу. Тебе мозги промыли, вот ты и думаешь, как они хотят.

-Они, кто?

-Сам знаешь, кто.

-Ты, чего, смеешься? Как без электричества вообще? Все на нем, от чайников до парикмахерских.

-А вот ты сам подумай, если еще можешь.

-А чего думать? К Амишам переезжать, в Пенсильванию.

-Ладно, подскажу тебе. Вот у тебя в комнате сколько лампочек горят по вечерам?

-Ну…, две, иногда три.

-А ты понимаешь, что вместо них можно …

-Чего, костер?

-Не ерничай! Вот у тебя Айфон есть?

-Ну, не Айфон, но похоже.

-Намекать дальше?

-Да не тяни козла за воротник. Ну, короче…

-Короче, инженер ты еще тот, включил Айфон-вот тебе и свет! А два Айфона-больше света.

Я думал, что он шутит. Я ошибся. На мой идиотский вопрос,

-Издеваешься?

он презрительно хмыкнул. Вот такое конструктивное предложение. Невыдуманное. Придумать можно интереснее. Он-программист   в финансовой компании.

А теперь - сказка. Жила-была электростанция. Не самая маленькая. Жила она на берегу океана. Прямо на берегу. На случай цунами перед ней стояла стена. На случай землетрясения на ней все было предусмотрено. На случай злых людей в пассажирских самолетах она была хорошо защищена. На случай подводных злых людей она тоже была защищена. Не была она защищена от глупости и безграмотности тех, кто никогда на ней не работал и не собирался. Но кто считал, что все можно. Как захотел, так и можно.

Эта электростанция на свою беду была атомная. Другими словами, полтора года она работает без остановки. Потом загружают новое топливо-процесс длится месяц со всеми регламентными работами - и снова, полтора года она дает стране энергию. 700,000 домов обеспечивала круглосуточной энергией эта электростанция. И ни у кого не просила взаймы. Наоборот. Прибыль приносила. Работала она, как и полагается в сказке, двадцать лет и три года. А потом почувствовала, что надо бы кое-что заменить.

 Небольшой антракт. Маленький технический экскурс:

Атомный реактор-это котел, в котором вода нагревается за счет цепной ядерной реакции. Цепная-значит самоподдерживающаяся.

Эта горячая вода идет под давлением в другой котел, где она отдает свое тепло другой воде. Та, другая вода, превращается от этого в пар. Поэтому этот, другой котел, так и называется-парогенератор.

Этот пар идет на турбину, которая просто крутится. И крутит электрогенератор. А электрогенератор дает электричество.

Обратно в сказку. Вообщем, надо было заменить парогенераторы на новые. Их сделали в далекой заморской стране, где подобные уже делали. И по океану перевезли сюда, на станцию. Все было хорошо, пока вскоре приборы не показали, что в этом новом парогенераторе появилась небольшая проблема. Конечно, было обидно, досадно, но…ладно.

Собрались мудрецы, предложили несколько вариантов ремонта. Получили одобрение из столицы государства. Даже подсчитали, что в течении года вся стоимость ремонта будет компенсирована и станция вновь будет давать прибыль. И будет эта станция жить долго и счастливо и умрет в один день с другими, похожими на нее. Почти по А. Грину.

Конец сказки. Реалити-шоу начинается.

Инженеры работают над детальной разработкой ликвидации проблемы. Всегда есть два подхода: ссылаться на обстоятельства или решать проблему. Наутро всех сзывают на экстренный митинг, где вице-президент компании обьявляет, что комиссия штата по энергии приняла решение закрыть станцию. Навсегда. Причина? Слишком дорого будет стоить ликвидация проблемы. Сотни работников станции, профессионалов высшей категории, многие из которых служили на атомных подводных лодках, стали безработными по окончанию речи вице-президента компании. Да, многие из них предпенсионного возраста, так что шансы найти адекватную работу умопомрачительные. Вспоминается Николай Алексеевич Некрасов:

…И пошли они солнцем палимы

Повторяя, Суди его бог,

Разводя безнадежно руками

И покуда я видеть их мог

С непокрытыми шли головами…

Никто, конечно, не остался жить на улице. Осталось ощущение негодования и непонимания. Но когда это кого-нибудь останавливало? Здравицы в честь закрытия станции были, наверное, слышны на Плутоне. Так, для справки, только 18% от всей электроэнергии в США вырабатываются на атомных электростанциях. Во Франции-более 80%. И как тут не привести в текст незабываемую встречу, которая неплохо проиллюстрирует всем знакомый менталитет.

 Итак, еду на работу с опозданием часа на два. То есть, уже не тороплюсь. За полторы мили от работы у дороги стоит группа человек в двадцать. В руках плакаты, типа “No Nukes!,” “No new Chernobyl,” “Say NO to radiation!” , и.т.п. Находясь в “боевом” настроении (сьел перед ухо- дом два гнилых банана) притормаживаю и спрашиваю,

-А в чем дело?

прекрасно понимая в чем дело. Они заглядывают в ма- шину, видят у меня на груди пропуск на электростанцию,

-А-а! Вот! Такой же! Мы не хотим! Нам не надо!

Не хватало только “Вся власть Советам!”

Ставлю машину на обочину,

-Что произошло?

-Вы там работаете. Мы не хотим здесь новый Чернобыль! Мы не хотим…

-Понятно, а что вы знаете о Чернобыле (это за 16 лет до се- риала НВО).

-А вы?

-Я ничего. Я жил не так уж далеко от него, когда это произошло. Мои коллеги, кого я знаю по именам, были там. Некоторые погибли.

-Вот, мы этого здесь не хотим.

-А здесь этого не может быть. В таком масштабе.

-Нам ни в каком не надо.

-И мне не надо. Вот вы, -обращаюсь к мужчине напротив меня, -вы кто по профессии?

-Зачем? Оно вам не надо.

-Не надо. Просто спросил, но если это секрет…

-Плотник я.

А вы,-обращаюсь к женщине неподалеку,- а вы кто?

-Вы чего, из ФБР? Оно вам надо?

-Не надо. Просто спросил.

-Учительница географии, дальше что?

Я, откашлявшись,

-Да ничего. Вот как бы вы, плотник, ответили мне, если бы я пришел к вам в мастерскую и начал критиковать вас за работу с фуганком? Или что снимаете стружку вдоль, а

надо поперек? Правильно бы ответили. Я ни черта не понимаю в этом и не берусь вас учить.

Обращаясь к толпе, которая сгрудилась вокруг,

-Я не знаю миллион вещей, но я и не претендую на зна-
ние. Что вы знаете о ядерной технологии? Ничего, судя
по вашим плакатам. То, что вы не знаете-это ерунда. То,
что вы знать не хотите-другое дело.

 Самолетами когда-нибудь пользовались? Высоко они ле-
тят? Ага, 33,000 футов. И вокруг все так солнечно. Никто
не думал, а из чего, так сказать, состоят солнечные лучи?
Из многого. В том числе из рентгеновских лучей. И атмо-
сфера на такой высоте мало защищает. Кто-то перестал
пользоваться самолетами?

-Ну…, так это перелетел и все, а тут…

-Точно. Идете на рентген, на вас напяливают свинцовый
нагрудник. Врач прячется за дверь и нажимает кнопку.
Три секунды. Когда на вас при посадке в самолет надевали
свинцовый слюнявчик, не припоминаете?

-Бред какой-то. Так что, не летать самолетами? На иша-
ков пересаживаться?

-Конечно, нет! Человеческий организм очень силен по отношению к внешним воздействиям. Но до определенного
предела. Другими словами, если воздействие короткое и не
очень сильное, то, скорее всего, ничего не будет. Но если,
скажем, подушку сделать из изотопа урана-238, то тогда
все. Большинство материалов вокруг нас в той или иной
степени радиоактивны. За тысячелетия мы к этому при-
способились. И, к тому же…

--Да зачем нам это все знать? Вам сколько за эту пропа-
ганду платят?

-Много. За бесплатно я бы тут с вами стоял. Ну, закроют
эту станцию, чем дом будете охлаждать с июня по ноябрь?

-Обычные станции на угле. Они безопасны. Солнечные ба-
тареи. Приливные станции, ветровые станции.

-Как скажете.

Я глянул на часы. Пора бы уже появиться на работе.

-Так что, вы хотите сказать, что радиация не опасна?

Уже садясь в машину,

-Когда я начинал здесь работать 18 лет назад, мой рост
был 6 футов 4 дюйма.

Молчание нависло над группой. Я отьехал и через сотню метров посмотрел в зеркальце заднего вида. Они смотрели мне вслед, уже не размахивая плакатами. Мой рост, для справки, на фут меньше.

Сейчас все парковки этой электростанции забиты машинами контракторов. Ломать-не строить. На полную разборку станции дали много лет и очень много денег. Уникальное оборудование ликвидируется по цене металлолома. А кто же его купит, оборудование? Оно ведь было сделано специально для нас. Нас уже нет.

 Все, что составляло архив, скорее всего, выбрасывается. Кому нужно это все? Кому нужен опыт тысяч спецов, которые строили эту атомную электростанцию, кто осуществляли первый физический пуск реактора, фотографировались на память у индикатора, показывающего, что реакция распада ядер урана пошла нормально? А торжество по поводу включения в энергосеть страны? Синхронизация генератора со энергосетью. Это надо видеть. Все это уже даже не история. Это просто никому не нужно.

И это тот редкий случай, когда вся станция в огнях не означает жизнь. Это означает зал патологоанатома. Там тоже светло. Правда, патологоанатом ищет причину смерти. В данном случае, мы ее знаем.

Хлам

Книги меня привлекали всегда. Чем толще, тем привлекательнее. В основном, брал в библиотеке. Когда обзавелся читающими друзьями, то стал брать "почитать." Как и любой нормальный человек возвращал их только после напоминания, что иначе-"…мордой о столб."

 Патологическое желание читать полными собраниями сочинений, а не Избранное, привело к полной мешанине в мозгах. Если меня спрашивали, скажем, о Чехове, то я легко переходил на Брет Гарта. Не сразу, а скажем, после трех предложений. А еще через пару предложений так же ненавязчиво вспрыгивал на Кольриджа. По этой причине постоянных собеседников у меня было немного.

Дома, там еще, книг было немного. В комнате на 18 квадратных метров сложно представить библиотеку А. С. Пушкина на Мойке, 12 в Санкт-.Петербурге. Но читали много. Когда появилась подписка на "Библиотеку Всемирной Литературы," мои родители были в числе тех немногих, которые не рубились за право и не дарили духи "Быть Может" продавщицам из магазина **Подписные**

Издания. Они подождали, пока книги не появились в библиотеках. Там мы их и брали.

Я прочитал все тома. Немногие из них доставили мне радость. Я заставил себя прочитать древнюю литературу. Комедии Аристофана дали мне понять, что в Древней Греции я бы считался без чувства юмора. Древний эпос "Гильгамеш" хорош тем, что древний. Он колоссален и это вызывает восхищение. Там и философия и тема дружбы и многое другое. Но главному герою я не сочувствовал. Он настолько возвышеннее, что даже со стремянки не дотянуться. "Махабхарата" и "Рамаяна" сделали меня на всю жизнь поклонником А.С. Пушкина. И Ф.И. Тютчева. У них я хоть понимал, что происходит. А с Тютчевым и сопереживал по многим причинам.

Но я был совершенно очарован древней персидской поэзией. Даже "Шах-Намэ" великого Фирдоуси я воспринимал легче, чем Гомера. А если говорить о поэзии Бедиля, то просто здорово. Про Хайама все уже давно сказано. Он-вершина.

Средневековая составляющая "Всемирки" оставила меня в состоянии известном в боксе, как "грогги." То есть, слегка затуманенным. Ибо такой концснтрации таланта я вообще не представлял. Анджолльери, Данте, Бокаччо, Петрарка, Боярдо, Медичи, Уайет, Ронсар, Грифиус, Камоэнс, Дю Белле, Шекспир, Де Вега, де ла Круз. Да и еще строчек шесть через запятую. Помню ли я что-либо из кого-нибудь? Ни черта. Осталось впечатление, как от фотографии Глубокого Космоса, выполненного телескопом Хаббла: сверкающая бесконечность.

Вообщем, " Всемирку" я прошел. Отходил где-то полгода, читая произведение Олеся Гончара "Прапороносці" на языке оригинала. Все стало на места. Конечно, иногда тянуло на трефное. Вот когда я чувствую, что задолбали дела, не могу придушить подонка через телевизор, и не всегда дает уснуть чужая заунывная музыка, тогда я снимаю с полки ЭТО. И ЭТО -не то, что советовал классик,

-Коль мысли черные

К тебе придут

Откупори шампанского бутылку

Иль перечти

Женитьбу Фигаро.

С полки я достаю Франсуа Рабле "Гаргантюа и Пантагрюель." И все проходит. Это уже здесь. Те книги, немногие, отобранные, что были у нас дома там, в большинстве своем там и остались. Удалось отослать сюда совсем ничего.

Но здесь, в Америке, проблем с книгами нет. Есть любые, любых народов. И, в основном, в магазинах старых книг. Когда видишь у входа груды ящиков с книгами, а над ними вдохновляющую надпись "One bag of books-one dollar," то понимаешь, что кто-то уже помер, наследники выкидывают барахло. Вот барахло и стоит у входа. В барахло входят полевые дневники Семенова-Тяньшанского, книги Александра Миддендорфа, дневники Рериха, произведения Григоровича-Барского, Бенедиктова, Туманского, Шишкова, Щедрина, Вересаева, и.т.п., Это на русском. На английском-все остальное. От Чосера до эссе Кандинского.

Там еще, в Советском Союзе, книги по искусству были практически недоступны и дорогие. Здесь, в магазинах старых книг их, как грязи. Не более трех долларов за весящий килограмма четыре том "National Gallery of Art." Или штук десять альбомов от Джотто до Сезанна. По доллару за штуку. Это подарочный формат, в твердой суперобложке и с цветными иллюстрациями в лист размером. Первоначальная цена где-то 25 долларов за книгу.

За годы я набрал себе немного из тех закромов. И вот, не так давно, приходит ко мне сосед. Латиноамериканец. Так, незначащий разговор, а потом он, обводя глазами мою комнату,

-Вы любите книги?

Ну, это где-то на уровне зайти в ирландский бар и спро-сить,

-Здесь пиво подают?

Я понимаю, что это предисловие, и не ошибаюсь.

-Ну, так, иногда почитываю. Возраст, понимаешь?

Он, раза в два с половиной младше, вздыхает,

- Да, я Вас понимаю.

Молчание. Потом он,

-Вот совет насчет книг хотел спросить.

-Конечно, но я не эксперт. В магазине они…

-Да нет, тут другое дело. Вы еще спать не ложитесь?

-Еще только 9 вечера. Рано.

-Могу я зайти минут через 15?

-Да, дверь открыта, не звоните, а прямо заходите.

-Спасибо.

Минут через 15 он заходит с огромной сумкой,

-Можно?

-Да, давай.

Он заходит, ставит сумку на пол,

-Тут такие дела. Моя бабушка недавно умерла и …

--Мои соболезнования. Здесь где-то?

-Да нет, с той стороны границы.

-А-а (а что еще сказать? Все знают, "что" находится с той стороны границы на юге.)

-Да, так я вот разбирал ее вещи и, представляете, весь подвал ее дома забит книгами. Язык я не понимаю. Вот одну принес, а там таких-до потолка. Посмотрите?

-Давай, гляну.

Я глянул и сердце у меня упало. Это было дореволюционное издание, посвященное картинам Румянцевского музея. Книга, если это можно так назвать, была где-то сантиметров 60 высотой, неподьемная, толстая, иллюстрации на толстом картоне, переложенные листами кальки.

-Ну, что?

-Это книга-каталог по русскому художественному музею. Написано на русском.

-Ценная?

-Да, безусловно.

Он глубоко вздохнул. Молчание. Потом я,

-А откуда у твоей бабушки не одна такая, а, скорее всего, много таких?

-Она работала помощницей библиотекаря еще давно. А там, где она жила, было много богатых из Европы. Это они, наверное, привезли с собой. А потом посдавали, ко-гда старики поумирали. Кому это нужно? Так говорите, книга ценная?

-Я же тебе сказал, что не эксперт. Думаю, что да.

-И сколько такая потянет на e-bay?

-Даже не представляю. Это на любителя.

-Ладно, спасибо, сосед. Извини, что побеспокоил.

Он пришел еще один раз и принес показать мне две книги. Одна- "Теория и практика кораблевождения" члена Академии Наук и Адмиралтейства Платона Гамалеи. Издание где-то начала 19 века. Вторая- Эдварда Лира "A Fourth Book of Nonsense Poems, Songs, Botany, Music, etc." Где-то 1880-е годы.

Да, я опять подтвердил, что считаю книги ценными. И опять он сказал, что целый подвал ими забит. Поблагодарил. И ни одну в подарок не предложил. Ценные, ведь.

Мимоходом

Городок был маленький. И казино было маленьким. В мотеле был не номер, а номерок. Долго там не высидишь, даже перед телевизором. Вышел пройтись и сразу уперся в нескромно сияющую на фоне темного неба надпись размером в этаж-"Casino". Первый этаж занимало казино, а вывеска перекрывала второй. Я зашел. Не знаю, чего я ожидал, но этого там не было.

После однодневного пребывания в Лас-Вегасе 2 года назад я уже считал себя подготовленным. Тогда, два года назад, я решил проблему игорных автоматов для себя в течении 10 минут. Я сразу направился в тот, мало посещаемый загон, где стояли 100-долларовые автоматы. У меня было с собой 300 долларов 85 центов. Триста долларов были представлены тремя банкнотами. Я подошел к одному автомату, вложил банкноту, нажал, что надо и получил на выходе автомата Thank you. Тоже самое я повторил еще на двух соседних автоматах. Да, и с тем же результатом. Все заняло меньше 10 минут. И, главное, я не вышел нищим. При мне оставались все те же 85 центов. Как на меня смотрели, когда я шел к выходу! Хотя, теперь, по

прошествии времени, я думаю, что, скорее всего посети-
тели отворачивали глаза.

Этот опыт навсегда излечил меня от игромании, хотя я
этим и не болел. В этом крошечном казино я разменял два
доллара на 10-центовые монетки и подошел к соответству-
ющему автомату. Бросил одну-ничего, потом еще три-все
ничего. А на пятой раздался громкий хрустальный звон и
на автомат напала 10-центовая диаррея. Насыпалось целое
ведерко. Скрупулезный подсчет показал, что я поправил
свои финансы на 28 долларов. В монетках.

 Помня по многочисленным фильмам, что удачливых игро-
ков казино на выходе ожидает мафия, я оставил кассирше
на чай 30 центов и постарался побыстрее покинуть Зал Ис-
кушений. На выходе никто не ждал. Напротив сумрачно
светилась надпись MOTEL, а влево и вправо уходила бес-
конечная дорога, тускло освещенная редкими фонарями.

 В номерке умывальник слегка нависал над задней стенкой
кровати, что было очень удобно. Почистил зубы, сидя на
спинке кровати и кувыркнулся прямо в постель. Ни
ходьбы, ни забот. Ну, естественно, туалет со стоячим ду-
шем был отдельно..

Уже в 6 утра я был в пути. Завтрак "Continental" в этом мотеле состоял из стаканчика обжигающей коричневой жидкости без запаха и кондитерского изделия непонятной формы. Что-то типа Ленты Мебиуса. Без начинки.

 Дорога была прямая и совершенно пустая. Я ехал уже больше часа, но пейзаж был все тот же. Плоская пустыня, очень низкорослый кустарник и справа на горизонте мошная горная гряда почти постоянной высоты . Как стена. Вообщем, это и была стена, ибо за ней на совершенно колоссальной площади размешался полигон для ядерных испытаний. Изредка, где-то впереди небо перечеркивали инверсионные следы самолетов, но за все это время ни один НЛО не завис надо мной. А я так надеялся хоть с кем-то потрепаться за жизнь. Хоть у меня - здесь, хоть у них - там. Пятый день в дороге в полном молчании. Разве это отдых? Еще два дня и все. Придется говорить только по существу. Тяжело.

Тут мелькнула небольшая табличка, что в одной миле будет вьезд на авиационную базу. Через одну милю я увидел открытый шлагбаум и уходящую под прямым углом дорогу. Я не знаю, что было в том кренделе, что я сьел утром, но я повернул на эту дорогу вопреки всему, что я видел в фильмах. Ничего не изменилось. Тот же пустой, какой-то угрюмый даже под солнцем, ландшафт.

Куда я хотел приехать, не могу сказать. И что я хотел бы увидеть, тоже непонятно. Но то, что увидел, я точно не ожидал. Прямо посреди пустой до горного хребта дороги появились две фигуры. Просто ниоткуда. Они не шли по обочине, не сидели в тени, так как тени не было еще 270 миль, они не лежали поперек дороги. Они появились метрах в 20 впереди. Так как я ехал близко к 75 миль в час, то после экстренного торможения машина остановилась где-то в двух футах от них. Они не шевельнулись.

Два парня, где-то за 6 футов ростом, в камуфляже под пустыню и в черных пуленепробиваемых жилетах с надписью Military Police стояли в шаге от передка моей машины. И да, в темных очках. Один остался стоять и я видел только надпись Military Police перед собой. Его голова была за пределами видимости. Другой подошел со стороны пассажирского окна. Я открыл окно. Слегка согнувшись, он произнес,

-По-английски читать умеешь.

Именно произнес, не спросил. Так обычно говорят "Мне без майонеза."

-Да.

С совершенно бесстрастным лицом,

-Езжай обратно.

Кто бы спорил?

-А ваш напарник не мог бы отойти чуть в сторону. Мне надо развернуться, а он стоит прямо перед машиной и…

-Я сказал, езжай обратно.

- Так а как же..

Он ничего не сказал, отошел и присоединился к первому. Не было ни злобы ни раздражения. Была 200% уверенность в правоте и непоколебимости. Всего.

С трудом выруливая сквозь облака пыли, я ехал задним ходом где-то пол-мили, периодически бросая взгляды на дорогу впереди. Они стояли. И вдруг исчезли. Как провалились. Не отошли, не отпрыгнули. А вот просто так: сейчас есть а через секунду-нет.

Через пару часов справа промелькнул указатель местной достопримечательности, которая обещала лунный ланд-шафт. Я вьехал в достопримечательность. Пейзаж был очень похож на лунный. На Луне, наверное, прохладнее.

Кратеры и холмы вокруг насколько видит глаз. Вдали все та же, тянущаяся на весь горизонт, горная стена. Я поставил машину на обочине и начал спускаться в ближайший кратер, проваливаясь по щиколотку в черный мелкий песок, когда вдруг вспомнил то, что недавно услыхал от рейнджера в соседней пустыне. Мы стояли на берегу огромного соленого озера, которое высохло вместе с бронтозаврами. И рейнджер мне обьяснил, что если пройти по поверхности этого древнего моря после крошечного дождика, то следы на этой глинисто-соляной поверхности останутся надолго. А если после такого дождичка пройдет еще 5 лет засухи, как обычно, то следы останутся навечно. Мне не захотелось, чтобы отпечатки моих ботинок остались на поверхности этого высохшего древнего моря.

И сеичас, спустившись всего на несколько шагов по идеально гладкому, серо-черному склону и глядя на уродливые ямы, вырытые моими ногами я понял, что насладиться кратером можно и не спускаясь на его дно. Я выбрался наверх и пошел по направлению к видневшейся на горизонте горной гряде. Я шел, но она не приближалась. Я забрался на ближайший холм, но ничего нового не увидел. Кратеры и холмы, горная стена на горизонте. Мощная, без единого видимого прохода. Да если бы даже он и был, туда, за эту горную стену хода нет. Ядерный полигон ни-кто не закрывал. Ну и чего там делать искателю приклю-чений на свою голову? Подбирать рассыпавшиеся нейтроны?

Тишина вокруг была такая, какой, наверное, не бывает. Ветра нет, деревьев нет, скрип песка под ногами звучит, как богохульство. И тут появилось странное чувство, что я не один. Что кто-то наблюдает за каждым моим шагом. Ка-ким-то первобытным инстинктом я ощущал, что меня ви-дят. Я шел к машине и это чувство дискомфорта не исче-зало. Ну, я, вообщем-то, ничего плохого не сделал. Не счи-тая, что был вынужден сделать краткую остановку, чтобы ответить на назойливый звонок Матери Природы. Ну, кто из нас без греха, тот… Понятно. Чувство дискомфорта в машине стало меньше, но еще долго не исчезало. Начало возрастной паранои, не иначе.

Несколько месяцев спустя я рассказывал об этом своему коллеге, который работал в этих местах, когда подзем-ные испытания шли полным ходом. Он улыбнулся,

- Первобытным инстинктам надо доверять. Они не обма-нут.

-Так ты хочешь сказать, что…

-Правильно понял. На ланч идешь?

Я понял.

И снова мили и мили бесконечного, как время, ландшафта и сверкающей под солнцем дороги. Через несколько часов я сьехал на обочину, вышел из машины, протер солнцезащитные очки, на пару минут закрыл глаза. Это надо было сделать, ибо впереди, справа, я увидел НЛО. До него было чуть больше мили. Оно выглядело так, как всегда показывают на "реальных" фотографиях. Летающее блюдце. Кроме Ленты Мебиуса я с утра ничего не ел. В машине-кондиционер. То есть, ни отравиться ни перегреться я не мог. Заболел? Я еще раз пригляделся. Да, точно оно. Висит невысоко над дорогой.   А за все время я не увидел ни одной машины. Ни встречной, ни попутной.

Я подьехал ближе и успокоился. Это было НЛО. Грубо сваренное из листового железа, небрежно окрашенное серебристой краской, оно свисало с маленького подьемного крана. А кран был установлен на небольшом грузовичке, который стоял неподалеку от дороги. Чуть в стороне находилось приземистое строение. Это было кафе, явно специализирующееся на инопланетянах. Пол-комнаты было выгорожено под магазин сувениров. Со стен свисали изможденные фигуры инопланетян, похожих на богомолов, с глазами новорожденных телят, монгольскими курносыми носами и дистрофичными руками-ногами одной длины.

Они были всех мыслимых размеров и почти всех цветов. Тут же находился большой выбор открыток на эту же тему, где, например, дружелюбный инопланетянин-дистрофик стоял в обнимку с девушкой в мини-шортах и камуфляжном жилете на голое тело. Также было полно плакатов и запрещающих надписей. Ну, например, "Area 51," "Don't pickup hitchhikers next 60 miles" (с фотографией грустного инопланетянина, голосующего на обочине), "Hitchhikers may be escaping aliens," "US government property. No trespassing," "Warning! Restricted area. Use of deadly force authorized." и.т.п. Особенно меня впечатлил большой плакат "Don't enter. Underground nuclear test is in progress." Хозяин и хозяйка были слегка загримированы в соответствии с тематикой кафе, но еда была приемлемая, а они-приветливы.

Уже поздно вечером в открытое окно машины донесся запах горелого масла. Значит, Burger King где-то рядом. А, значит, и цивилизация не за горизонтом. А, значит, скоро можно будет наговориться вволю. И мне, почему-то, этого не захотелось.

Неприятие

“Это была любовь с первого взгляда.” Так начинается “Уловка-22,” Джозефа Хеллера. Здесь же все было наоборот. Это было неприятие с первого взгляда. Не взаимное. Я впервые это почувствовал во время утренней пересменки. Кончался уже второй месяц работ по перегрузке реактора и сопутствующих работ. Часть монтажников уходила, на их место приходили новые. Уходили по разным причинам: от финансовых, до семейных. Где-то платили лучше, погода была лучше. У кого-то жена перешла на вольные хлеба, устав от бесконечных ожиданий, переездов и неопределенности. По тому же принципу приходили новые.

После нескольких дней соответствующего тренинга, включающего по мимо всего остального, радиационную безопасность, все новые без исключения проходили емкий тест. И если процент правильных ответов был не ниже 85%, то их допускали к работе. Я присматривал за дюжиной монтажников и был обязан перед началом каждой смены напоминать им, что лучше быть бедным и здоровым, чем богатым и больным. Все понимали, что это приказ свыше и эти 15 минут ничего не меняют. Вот по-этому я был удивлен, когда один из новых, Лэнс, во время моего инструктажа, повел себя несколько неординарно. Он отодвинул в сторонку стоящих впереди него монтаж-ников и вышел из помещения, где все это происходило.

-Чего это он так резко? Живот? Или из-за моего акцента?

-Не обращай внимание. Он из Чикаго.

--Многое обьясняет. Но не мне. Ладно, пусть бригадир с ним разбирается, то есть, ты.

- Чего с ним разбираться? Пальцы отрубит- скажу, на ин-структаж не ходил. Ну, все, ты уже свою молитву по без-опасности оттарабанил? Работать разрешаешь?

-Та кто вас держит?

Через пару часов, на одном из участков работы,

-Лэнс, так а чего ты это так делаешь? Посмотри в ин-струкции. Там иначе. Так не делается.

Лэнс продолжает, как-будто не к нему. Ладно, гул силь-ный, наверное не услыхал. Чуть форсирую голос,

-Лэнс! Инструкцию посмотри! Не делается так!

Ноль внимания.

-Лэнс, твою бога в душу мать с левой резьбой!!! Ты чего,
оглох!! НЕЛЬЗЯ ТАК ДЕЛАТЬ!!!

Это уже по-русски. Лэнс, спокойно, слегка иронично,

-Это ты мне? Английский подучи,

и продолжает делать тоже самое. Стоящие неподалеку
монтажники все слышат. Ухмыляются. За воем ветра (а
все на открытой всем погодам площадке) их комментарии
не слышны. Но предсказуемы. Конечно, можно накликать
сюда бригадира и тот точно все поставит на место. Но
после этого все мои ЦУ (Ценные Указания) я могу давать
только себе. Отхожу на десяток шагов, оборачиваюсь и
успеваю заметить быстрый насмешливый взгляд Лэнса.

Ни черта не понятно. Я его не знаю. Он меня не знает.
Никогда ни в чем не пересекались. За все время еще ни
разу не было проблем с моим акцентом. Ну, не совсем.
Один спец из Шотландии совсем недавно давал указания
группе монтажников. Они его выслушали а потом один
из них обратился ко мне,

-Слышь, переведи, чего он хочет. У него вроде и нос и
рот заложило одновременно. Гундосит, как ишак.

Я всегда считал, что шотландцы достаточно сдержаны. Ошибался. Этот спец, услыхав подобное оскорбление, сорвал со своей головы защитную каску, трахнул ею о железный помост так, что она подскочила на метр , харкнул густо метров на восемь и ушел жаловаться главному менеджеру. На меня. За мой акцент.

Да нет, дело не в акценте. Не могу понять в чем. Знаю только, что так, как Лэнс делает, принять эту работу нельзя. Отговорки типа "Та я же ему говорил, а он не слушается" не воспринимаются. К концу 12-ти часовой смены все в порядке. Все сделано, как надо. Лэнс сам переделал или помогли-не знаю. Чувствую себя полным идиотом. Ну не почудилось же мне. Он чего, нарочно делал так, что бы меня вывести из себя? Это же не начальная школа.

 Следующие два дня ситуация с Лэнсом во время пересменки не изменилась. Он уже не выходил из помещения, как в первый день. Он демонстративно усаживался в первый ряд и так же демонстративно смотрел в другую сторону, зевал, со вкусом ковыряя в зубах. Бригада веселилась. Я пытался как-то подыграть, обратить это в шутку. Не выходило. Получалась жалкая попытка чуть-ли не лебезить и заискивать. На четвертый день за несколько минут до начала пересменки,

-Лэнс, надо поговорить.

-Говори.

-Не здесь. Давай на свежем воздухе.

-А чего, мне и здесь не жарко. Чего ты хотел?

Уже начали подходить монтажники. Пересменка вот-вот должна начаться. Обычно сначала говорит бригадир, расписывая все прелести предстоящей смены и кто в наказание будет работать наверху под непрерывным дождем. Затем я, с инженерной точки зрения, какие системы задействованы, когда обязательно нужно "Добро" с блочного шита управления и.т.п. И на закуску-помните, что дома вас ждут в том же комплекте, в каком вы ушли. То есть, как говорил Йоги Берра, "Не надо делать неправильных ошибок."

Понимая, что или сейчас или никогда я, повышая голос в раздражении, чего на работе не делал никогда.

-Глухой? Играешься? Я тебе не твоя баба. Сказал-иди на выход, разговор есть.

Так не разговаривают на работе. Так можно в пивбаре, в очереди за Айфоном в Walmart. Но не на работе. Это абсолютное НЕТ. Только за этот тон меня сразу же могли убрать с монтажной площадки. Мои обьяснения, что я, мол, устал от хамства и почти плевания в лицо, никогда бы в расчет не принимались. Не умеешь работать с людьми. Не умеешь создать правильную рабочую атмосферу. Не умеешь себя контролировать. И, скорее всего, за моей спиной, "У него чего, ПМС?" Вот что я себе выпрашивал.

Мое поведение в этот момент было настолько нетипично не только для меня, но и для всех вокруг, что Лэнс, скривившись и что-то пробормотав, вышел вслед за мной. Не знаю почему, но у меня начали стучать зубы. Еле взял себя в руки, чтобы не орать, как торговка на рынке.

-Ну, что хотел?

-Значит так. Вон, видишь окно в офисе светится. Там главный менеджер.

-И дальше что?

- Иди и скажи ему, что не можешь работать под моим началом. Я не могу просто так уйти. Скажи ему. И или меня переведут или тебя.

-Да мне без разницы.

-Мне тоже. Я здесь, как и ты, только из-за денег. Я не владелец. Поэтому я требую того, что требуют от меня. Не выначивайся и не становись "на публику." Мне контакты с тобой ни к чему. Все. Уже пересменка началась. Надо идти.

-Вот из-за этого вызывал?

-Да.

-Ну и место здесь. Хорошо, что не все такие.

И мы почти одновременно вернулись в помещение, где уже шла пересменка. Работа закончилась где-то через две с половиной недели. Я и Лэнс почти не пересекались. Даже больше, мы избегали друг друга. Я был уверен, что Лэнс передал наш разговор. И не один раз. Но никто не просветил меня по поводу его неприятия.. Даже намеков не было.

Его отношение ко мне стало слегка презрительно-холодным. Если я что-то говорил, то он слушал, смотря при этом сквозь меня. Один раз я спросил его бригадира, чего это он так только ко мне.

-Не пойму, ты что, за него замуж идешь? Через неделю здесь вообще никого не будет. Ну, не так посмотрел, много делов. Да если бы я вот так реагировал на все, что мне под ноги льют каждый день, сдох бы уже.

-Прав. Сам не пойму. Хоть бы за дело. А так, с первого момента.

-Слушай, а может ты ему тешу напоминаешь? Тогда все понятно.

-Ага, тогда все понятно.

Мы рассмеялись и тема закрылась.

Через неделю все разьехались. И как-то этот странный эпизод ушел из моей памяти. Другие дела накатились. Через полтора года на перегрузку другого реактора приехали монтажники, которых недаром называли Jorneymen. Большинство у нас работали раньше. И бригадиры, в основном, были те же. Где-то в первую неделю, когда я возвращался с ланча, меня догнал тот бригадир, с которым я работал полтора года назад. И безо всякой подготовки,

-Лэнса помнишь?

-Ну да. Что-то случилось?

-Он русских терпеть не может. Вот на тебя и вылил. Узнал по акценту, черт его знает. Мне ребята из Канзаса расска- зали.

-Ну, не все любят русских. Не все любят армян, китайцев. Многие не любят американцев. Что здесь нового?

-Ты знаешь, откуда Лэнс?

--Та вроде Иллинойс. Не помню.

-Да нет, откуда его корни?

-Та откуда же я знаю? Здоровый бугай. Белый, это точно.

-Он из Чехии. Когда ваши вьехали на танках…какой год?

-1968.

-Его мать не то раздавило танком, не то пихнули под танк. Не знаю. Его как-то вытолкнули. Он еще совсем малой был. Но помнит. Вот такие дела.

-Так а я -то при чем? Я чего, танк вел?

-Ты ж вроде не дурак. А причем был я, когда отслужив 13 лет на "boomer"[1], приехал в Беркли, сидел в кафетерии на кампусе. В форме. А мне в лицо кофе с воплем "Убийца младенцев!" Это уже давно после Вьетнама.

Мы молча прошагали до монтажной площадки. И перед

тем как зайти в свой офис, бригадир, обернувшись ко мне,

-А акцент у тебя таки поганый. Подучил бы английский.

[1]- (сленг) атомная подводная лодка, вооруженная ракетами

стратегического назначения.

Романтик

С элитой, а так называли тех, кто сидел на главном пульте управления атомной электростанции, мы, рядовые инженеры, практически не общались. Если только не возникали вопросы, требующие быстрых ответов. Желательно, правильных. Но такие ситуации возникали нечасто. Поэтому я был удивлен, когда один из элитарных, зашел в мой скромный офис. Обычно они звонили менеджеру напрямую. Ходили к нам редко.

-Приветствую! Работаешь?

Такой вопрос предполагает специфический ответ. Непечатный. Но этого человека я видел может второй раз в жизни и не думал, что он заслужил такой ответ.

-Да вот, накидали от дизелистов. Пытаюсь понять, на каком языке.

Оба рассмеялись. Ситуация знакомая.

-Слушай, ты не на сверхурочных сегодня?

-Да нет.

-Дело есть. После работы сможешь минут 10 уделить?

-Ну, хорошо. А что за дело?

-Не по телефону,

он улыбнулся.

-Ну ладно, а где встречаемся?

-Ну ты, скорее всего, припарковался наверху, на "чет-
верке." Давай в 17:30 у вертушки.

Вертушкой, по понятной причине, называли вход. А "чет-
верка"-это номер парковки. Вот там мы и встретились.

-Ну, давай, что за дело?

Он замялся,

-Мне сказали, что ты знаешь русский. Точно?

-Не совсем. Лев Толстой знал русский. Я умею читать и
писать.

-А больше и не надо!

-То есть?

-Обьясню, но все между нами.

После первых фраз мне стало скучно. Я его слушал, видел, что ему все это очень не безразлично и не знал, что ему ответить. А ситуация была настолько стандартна и налажена, что я считал, что все это уже история. Ошибался я.

Познакомился он через интернет с милой девушкой из Запорожья, которую звали Олена. У них, естественно, оказались общие интересы, как-то путешествия, романтические прогулки по берегу океана, скайдайвинг, Чехов, Флобер, Диккенс, Хуанна Инес де ла Круз. И, почему-то, труды Авицены. Олена, оказывается, любит готовить, особенно ей нравиться средиземноморская диета. И каждый день до работы-а она воспитательница в детском саду,-она пробегает 4 километра. И три раза в неделю ходит на йогу. Живет с мамой в небольшой квартире. В свое время окончила музыкальную восьмилетку по классу домры. Короче, клад.

Она неплохо пишет по-английски. Но вот Тому, а моего собеседника так звали, захотелось сделать ей небольшой сюрприз. Он решил ответить ей по-русски. И кто-то ему сказал, что на нашей атомной станции есть один русский. Так не мог бы я перевести письмо, которое у него с собой. Переводу Гугл он не доверяет. Мои уверения, что я не профессиональный переводчик, им отметались.

-Ты же ежедневно общаешься со всеми на английском. А дома ты говоришь по-русски?

-Ну да.

-Значит, у тебя гибкий ум, который может легко адаптироваться к изменяемым внешним условиям.

-И как это связано с тем, что я не профессиона…

-Так Олена тоже не профессионалка, а пишет по-английски здорово.

Я никак не прокомментировал, хотя язык у меня просто чесался. Но тут он сам дал мне шанс,

-Вот многие считают, что это махинации. Что никакой Олены нет, Что это конгломерат мошенников, которым только нужен номер моей кредитной карты. А все эти фото и письма делаются, как на конвейере. Ты как считаешь? Ты же оттуда, знаешь их психологию.

Я вздохнул с облегчением. Ну, наконец-то, смогу высказать то, что я думаю. Уже открыл рот, но кое-что вспомнил, и быстро закрыл его. А вспомнил я собственную женитьбу, когда никаким увещеваниям ни родителей ни друзей я не внимал. Не было никакой возможности заставить меня открыть глаза на факты, которые после женитьбы уже не требовали открытых глаз. Стояли, как живые, даже при закрытых. Все заслонила она, такая спортивная, веселая, начитанная, легкая на подьем. И мне виделись романтические прогулки вдоль берега, уикэнды на Nanga Parbat, и настоящий борщ с настоящим мясом три раза в день.

Правда, в то героическое время я был младше Тома где-то в два раза. Но, как говорится в известном одесском анекдоте "А причем тут возраст?" Да и кто я, чтобы его переубеждать? Про его семейное положение я понятия не имел. Да оно мне было и не надо. Но на его вопрос надо ответить.

-Том, я из тех мест. Но я там не был уже много лет. Там все настолько поменялось. В то время о подобных вещах, типа знакомство через интернет, вообще мыслей не было. Дискотеки были в редкость. Да и джаз играли не везде. И не очень громко.

-Понимаю. Но неужели нельзя допустить, что можно просто бескорыстно общаться?

Я с большим трудом заставил себя сказать то, чего он ждал,

-Ну, почему же? Допустить можно. Но никто не гарантирует, что..

Том с некоторой поспешностью перебил меня,

-Я знаю, конечно, никто не гарантирует. А что, вообще,
можно гарантировать, если честно?

Здесь я с ним полностью согласился. И поняв, что любые аргументы бесполезны, я деловито сказал,

-Ладно, давай, чего там переводить?

Он дал мне пару страниц,

-Слушай, я могу заплатить, если…

-Ты чего? Получится-берешь на себя ланч. Не получится-
идем на ланч вместе, но платишь ты. А, ну да-чаевые на
мне в обоих случаях. И на когда это тебе надо?

-Ну, сам понимаешь, в таких делах все хочется побыстрее. Сам посмотри и скажешь. И по е-майлу на эту тему
не стоит. Знаешь же нашу корпоративную политику..

После ужина я начал читать напечатанные на принтере листы. Сначала я подумал, что мне все мерещится. В конце
концов, английский язык не мой родной. Но где-то же я это
если и не видел, то, как бы слышал. И не слова, а как

говорится, музыку слов. Мне не нужно было долго копаться в памяти. Британский фильм "Ромео и Джульетта," музыка из которого даже у прожженных "химиков," с которыми пришлось столкнуться по работе, затыкала потоки матерщины. Сцена у балкона. И диалог Ромео и Джульетты. Вот это мне требовалось перевести. Проблем не было. Щепкина-Куперник сделала это блестяще. Задолго до знакомства Тома с Оленой.

Том был просто ошеломлен, когда через два дня, когда он был на смене, я послал ему краткий деловой е-майл "Copy of NUREG-1366, Rev.0 is available."[1]

Еще до ланча он был у меня. Я без особых комментариев передал ему перевод. Он быстро просмотрел и знаком вызвал меня в коридор,

-Слушай, нет слов. Ты перевел поэзию. И сформатил, как стихи. Ты же профи высшей марки!

-Том, это диалог Ромео и Джульетты. Написал Шекспир.

-Да я знаю. Сам же перепи…

-Вот и я о том же. Эта пьеса переведена на все языки мира. На русский тоже. Я просто взял текст с интернета. Вот и все. За качество можешь не волноваться. Так что с тебя - ланч с Шекспиром. А я тут не при чем.

Он ушел счастливый. А на меня напала зависть. Тому было уже наполовину за сорок. Слегка полнеющий, немного лысеющий, чуть странноватый. И он посылает, вообщем-то в никуда, один из самых мощных диалогов в литературе. По большому счету он готов к тому, что его прокатят, слегка обчистят. Я вспомнил эту удивительную фразу, "Но неужели нельзя допустить, что можно просто бескорыстно общаться?" В 21 веке? Я слегка пошуршал внутри себя и понял, что на такое я не способен. Уже. Или еще. И мне захотелось, чтобы я больше ничего не знал об этом романе. Не хотелось разочаровываться. Не хотелось убедиться, что я был прав.

Том мне не звонил. А по работе у меня с ним точек контакта не было. Начался плановый ремонт, навалилась куча проэктов, потом сменная работа со слесарями-монтажниками. Том, Ромео, сцена у балкона, все отошло на четвертый план. Но мало что значащий эпизод напомнил об этом.

Я работал в 12-ти часовую смену, куда входило и восемь часов чисто ночной. Перерыв где-то около полуночи. Из-за проливного дождя выходить из нашего "инженерного" трейлера не хотелось. Мы, а нас в трейлере было человек

10, сидели перед своими компьютерами, прекрасно зная, что любая нерабочая активность мгновенно фиксируется, экран становится красным и появляется предостережение. Но, тем не менее, некоторые игнорировали весьма вероятные проблемы с начальством и рыскали по Сети. И вот я вижу, как сидящий рядом вытаскивает на экран какую-то женскую фотографию и текст рядом. Потом еще одну. И еще. Я понял, что он на "Bride-by-mail" сайте.

-Слышь, Боб, ты что, очумел? Мы же, как на ладошке. Девок на работе смотришь. Ты бы еще порносайт открыл.

-А что? Я разведенный, семьи нет, до пенсии, как до Солнца, работаю в ночную. Когда мне личную жизнь устраивать? Это же не порно. Сайт знакомств. Девушки из России. Что же здесь грязного?

-Да ничего.

Он чуть поводил "мышкой" по экрану,

-Смотри, какая красавица. И резюме рядом.

Я глянул. И узнал дочь своих соседей по подьезду, которые давно переехали в Сургут. За несколько лет до моего отьезда. Имя, фамилия-все верно. Окончила филиал Московского института Нефти и Газа. Работает в лаборатории

анализа. Увлекается лыжами и горным туризмом. Ну и конечно, любит классический балет. Уже совсем взрослая.
Красивая. Зачем она выставляется на этом сайте? Настроение у меня упало. Может это подстава, типа, взяли ее дан-
ные? Авось, кто-то клюнет. А если нет? И тут я вспомнил
Тома и Олену из Запорожья. Может, Том прав, ну почему
это не может быть простой интерес? Почему это не может
быть правдой?

Прошло больше года, когда по дороге к парковке я встретил Тома. Мы немного поболтали по дороге к машинам, а
потом он,

-Побывал в твоем Запорожье недавно. Встретился с Оленой.

-Ну, Запорожье не мое. Я сказал, что с тех мест. Ночь
езды на поезде. По нашим понятиям это, как за углом. Ну,
и как?

-Город интересный. Был там несколько дней. Погуляли с
Оленой по городу. Пообедали в ресторане. Еда вкусная, но
незнакомая. Но все не дешево.

-А как Олена?

-Приятная особа.

Так и сказал, "особа." Я слегка напрягся, вот сейчас будет.

-Ну, на скайдайвинг мы не ходили, но читала она много и разговор не скучный.

-Том, чего ты вокруг да около? Что не так?

Он ненадолго замолчал, видимо подыскивая слова,

-Понимаешь, она ни секунды не была одна. Все время с ка-кой-то chaperone. И все время условия ее агентство ставит.

-Какое, к черту, агентство? Откуда вдруг?

-Как откуда? Всю поездку это агентство организовывало. Как они сказали "Для безопасности нашей клиентки." Они мне резервировали место в гостинице, они мне указали, в какой ресторан ее пригласить, в каком магазине купить ей цветы. Без цветов ни одной встречи. И подарки где покупать.   Судя по всему, эта Олена-хороший человек. Но она, как подписку взяла. Надо на все оглядываться. Да, а про интим, вообще, можно не мечтать.

Он замолчал. Да и мне не хотелось говорить. Яснее быть не может. Мы распрощались у его машины. Когда я уже уходил, он окликнул меня,

-Но она приезжает сюда на три месяца. Через восемь дней. По моему приглашению. Остановится у меня в доме. И не поверишь- без агентства!

Вот в это я поверил.

[1]- один из стандартов, регулирующих работу атомных электростанции страны.

С нуля

Разговор был недолгим,

-Ваш профессиональный опыт интересен. Но это не американский опыт. Нам бы хотелось, чтобы Вы, если согласны с нами работать, взяли бы специализированные курсы по нашему профилю. По-моему, в университете это преподают.

-Хорошо.

-Отлично. Где-то через месяц доложите о прогрессе.

В университете я долго тыкался из офиса в офис, пока не получил четкое указание,

-Вам необходимо сдать TOEFL, Test of English as a Foreign Language. Если Ваши результаты удовлетворительны, мы тогда будем рассматривать Ваше заявление.

Интернета еще не было. Заказал брошюру с примерами, получил ее через неделю и начал проверять свои знания. Результаты были интересные. Прогоняя один и тот же тест раз 15 , я пришел к выводу, что мои знания языка удовлетворительные. Разочарование наступило, как только я перешел к тесту № 2. К концу второго дня я успокоил себя тем, что нам   в Союзе преподавали британскую версию английского. А здесь все по-американски. Это все равно, что по-таджикски спросить в Киеве, как пройти к Бессарабскому рынку. Акцент -то другой.

Наконец наступил день экзамена. В аудитории было человек 200. 199 были из Азии. Чтение, вопросы на понимание прочитанного, написание короткого эссе, элементы грамматики. Потом, самое трудное. Восприятие на слух. Крутят запись два раза по громкой связи. Что-то типа обьявления в аэропорту "Don't leave your car unattended. Unattended car will be towed away at the owner expense." Машины у меня еще не было, так что такое понятие, как "unattended car" вообще не существовало в моем сознании. Результат экзамена я ждал несколько недель. Когда наконец я его получил, то на двух автобусах добрался до университета и передал результат в приемную комиссию. Так мне сказали, что рассмотрят и дадут мне знать. И, вообще, раньше чем через три месяца мне приходить не стоит, ибо семестр уже начался и никто меня не примет.

Это успокаивало, так как я мог сосредоточится на работе. Менеджер удовлетворился тем, что я сдал языковый экзамен, то есть меня не выкинули из компании. Ко мне на работе относились прекрасно. По-моему, даже гордились в чем-то. Во всем здании не было человека, который бы принял компьютерные терминалы за телевизионные. А понятие "персональный компьютер" воспринимал бы как частную собственность на средства производства. Не было. Кроме меня.

Да, откуда я прибыл, до компьютеров на столе было еще далеко. На огромном предприятии, там еще, где я получал зарплату, целый этаж занимал вычислительный центр. Подходил к закрытой двери, нажимал на кнопку, открывалось бородатое лицо, совал ему задание и все. Это называлось "заниматься программированием." А потом приходил и забирал результат. Если что не так-виноваты бородатые за дверью.

Здесь же все на столе. После первых двух недель, когда начальство убедилось, что я не краду ручки и блокноты, мне было позволено оставаться в офисе после работы. Естественно, за свой счет. Вот только тогда и начиналась работа. Я пытался после шести вечера понять, а что же я делал до шести. Изредка удавалось.

Машины еще не было. Метро закрывалось в полночь. Пять миль до дома шел пешком, наслаждаясь тишиной и запахами жизни. Правда, однажды у меня попросили деньги и это было где-то в миле от дома и около часа ночи. Я ответил по-русски. Темная тень в капюшоне пожала плечами, что-то пробормотала и снова ушла в свою тень.

Появление у меня машины отмечалось всей компанией. Каждое утро в течении недели у окон, выходящих на парковку, толпился офисный народ. Никогда в жизни я не мог предполагать, что процесс параллельной парковки вызовет такой интерес. Правда, парковался я. Может это и обьясняет энтузиазм. Советов было множество. Как с этажей, так и от стоящих рядом. Несколько раз, следуя советам, я припарковался, как говорят "тютелька в тютельку." Другими словами, машина впереди не могла сдать назад а машина сзади не могла вырулить вперед.

В один из рабочих дней я отпросился для поездки в университет, чтобы узнать насчет курсов по специальности. Не буду рассказывать, как я впервые без инструктора выехал на 6-рядный хайвэй в час пик. До этого я водил велосипед "Турист," грузовик-недолго и танк-совсем недолго. Те, кто не владели машинами в стране отьезда, знают, каково это. Остальные не поверят. И не поймут. Вообщем, поездку и парковку я опускаю. Наконец я попал в здание, где находится то, что мне нужно, "Кафедра прикладной термодинамики и теплотехники." Указали мне и кабинет зав. кафедрой, профессора Стивенса.

 Это теперь я знаю, что термин "профессор" в Америке совсем не то, что "профессор" в СССР. Там-это как минимум 2-3 защитившихся под его руководством кандидата наук, штук 50 публикаций, нездоровый цвет лица и дыхание с присвистом. В Америке, судя по моему скромному опыту, профессор это тот, кто читает лекции студентам и в свободное время пишет статьи или в "Physical Review, " или "The New England Journal of Medicine, " или "The Journal of Irreproducible results."

Профессор Стивенс, загорелый мужчина лет 50, встретил меня приветливо. Он был искренне изумлен моему желанию, учитывая мой возраст, записаться на его курс. Его заинтересовала система и метод подготовки инженеров в стране продвинутого социализма, так что больше говорил я. А потом,

-Очень любопытно. У нас здесь очень по другому. Надеюсь, что Второй Закон Термодинамики не привязан к политическому моменту.

-Когда я уезжал, еще не был.

-Понятно. Ситуация с Вами не совсем простая. До конца семестра почти два месяца. Сейчас официально я не могу Вас записать на курс. Уже слишком поздно. И, кстати, на какой конкретно курс Вы бы хотели?

-Мне по работе необходим курс "Теория двух-фазных сред." Вернее, феномен теплопередачи в пограничном слое при…

-Да-да, понял. Это курс, который я веду. Как и сказал, приходите к началу следующего семестра. Со всеми бумагами.

-Диплом институтский нужен? С выпиской предметов?.

-Мне не нужен. Не будете понимать материал-сами посещать перестанете. В канцелярии-думаю, да. Но, это к ним.

-Спасибо, профессор.

Я уже был в дверях, когда он неожиданно,

-Я вот что могу сделать. Будете неофициально посещать мои лекции. Сдадите все тесты и я буду считать, что вы отзанимались весь семестр. А потом в бумагах сделают соответствующую запись. Как такая идея?

-Подходит.

-Но Вы же сказали, что работаете. У меня лекции по этой тематике во второй половине дня. Два раза в неделю.

-Ну, на работе вроде бы гибкие в этом смысле. Но надо уточнить. Спасибо, еще раз.

Он, засмеявшись,

Наздаравье!

Начальство слегка покривилось, но когда я сказал, что буду отрабатывать часы по вечерам, начальство согласилось.

В течении двух месяцев я ездил в университет, слушал лекции со студентами, которые были моложе меня лет на 20. После лекций спорил и с ними и с профессором Стивенсом. Научился пользоваться автоматом по продаже бутербродов и даже позволял себе ехать по кампусу не со скоростью 10 миль в час, а 20.

Первый тест по материалам лекций я сдал. А где-то через неделю я снова зашел в кабинет профессора Стивенса и сказал ему, что потерял работу и не смогу больше посещать его лекции. Он помолчал, глядя в окно. Потом просто сказал,

-Очень жаль.

Особо говорить было не о чем. Мы попрощались, он пожелал мне удачи. А потом взял с полки толстую книгу "Nuclear Systems 1", что-то быстро написал на внутреннем листе и с улыбкой передал мне,

-Вот на память о кратком, но приятном знакомстве.

Уже дома, просматривая книгу, я вспомнил про надпись на память. Там было написано "Украдена у профессора Стивенса." Его подпись и дата. Приятно, когда тебя ценят.

Чутье

Эту семью сложно было не заметить. Мама, одетая в брюки с чужой талии и длинную кофту синего цвета, обычно сидела прямо на бордюре при входе в супермаркет. Дочка, лет 16, стояла, прислонившись к столбу у входа и с независимым видом что-то искала в мобильном телефоне. Мама держала картонку, на которой тремя цветами было написано, что жить негде, есть нечего, подайте, кто сколько может. Неподалеку стоял папа. Коренастый, улыбчивый, в ковбойской шляпе, и с аккордеоном.

То, что он играл, а играл он хорошо, я бы назвал попурри из попурри. Это была талантливо аранжированная смесь. Чего тут только не было! "Венский вальс," Штрауса, "In the Mood," "Pennsylvania 6500," Гленна Миллера, темы из многих вестернов, полонез, "Ciao Raggaci," Челентано, и еще много такого, чего я не знаю по названиям, но точно слыхал раньше. Он не повторялся. Я остановился, чуть послушал, показал два больших пальца и пошел в магазин. И тут он заиграл "Прощание славянки."

Это было удивительно, так как я не сказал ему ни слова.
Минут через 20 , когда я вышел из магазина, семья была
все там же, и папа играл все новые мелодии. Я подошел к
нему, поставил сумку с продуктами на землю, и решил
сделать заказ. Он как почувствовал это, повернул ко мне
улыбающееся лицо, и вопросительно поднял брови. При
этом он продолжал играть, но слегка тише.

-Вы играете здорово!

-Спасибо,

-А вы знаете "Хатикву"?

спросил я, не понимая, зачем. Наверное, хотел, из прин-
ципа, заказать что-то, чего он не знает. Не знаю, что я
знал, но он ее заиграл. Сложно описать состояние, когда
играют гимн Израиля на аккордеоне, в 10 временных поя-
сах к западу от Иерусалима. И у входа в супермаркет.
Мне почему-то стало стыдно. Как если бы под конец сва-
дьбы в одном из русских ресторанов один из гостей, в
лучших традициях "Песни про зайцев," выполз к микро-
фону и прохрипел "Хатикву" через усилители в зал. Про-
фанация.

Выслушав гимн, я положил в картонную коробку, где лежало десяток 25-центовых монет, пять долларов и пошел к

машине. Мне вслед снова грянула "Хатиква." Уезжал я с
парковки под гимн Израиля. И почему-то мне вспомнился
эпизод, вроде никак не связанный с этим. Вроде.

Было это несколько лет назад. Вечер. Мы с женой вышли пройтись после дневной парилки. В темноте чуть не
споткнулись о средних лет женщину, сидевшую на небольшой коробке неподалеку от входа в магазин. Одета
скромно, аккуратно. Рядом с ней плакат, на котором
написано, что муж болеет, все деньги ушли на лечение,
на еду нет. Помогите.

 Я жене,

-Подожди, я сейчас.

-Куда тебя несет?

-Та пойду, чего-нибудь куплю этой, что сидит.

-Дурак, врет она.

-С чего ты взяла?

-Забыл уже парочку с ребенком, что ты хотел подвезти?
Ребенок-это была кукла. 100% подстава. Ты когда-нибудь
поумнеешь?

-Ну-у, это когда было. И в другом штате.

-Я была права?

-Была, впервые.

-Впервые? Ну, ладно, наступай на те же грабли. Тебя не переучишь.

Я купил в магазине свежайшую французскую булку. Обращаясь к сидящей,

-Вот, возьмите. Хоть что-то.

Она вяло пробормотала Спасибо, и продолжала сидеть, как-то неестественно держа булку на чуть вытянутой руке.

-Так, а теперь идем на ту сторону улицы и одень очки, это жена мне.

Мы перешли через дорогу и стали в стороне от уличного фонаря.

-Ну, смотри, как твоя благотворительность будет работать.

И я увидел. Через короткое время та женщина, убедившись, что рядом никого, поднялась и пошла через парковку, по дороге бросив булку в мусорный ящик.

-Нет, не снимай очки, я думаю, что это еще не все,

Жена была права. Это еще было не все. Перейдя парковку, женщина подошла к большому motorhome, который
стоял у самого вьезда в парковку, зашла в него, вскоре вышла в куртке и бейсболке и направилась в магазин.

-Доволен?

-Ну и ну. А как ты догадалась?

-А нечего догадываться. Там их несколько человек в том
трейлере. Уже неделю здесь крутятся. По очереди. Я ее
видела несколько раз. Машина-то с луизианским номером.
Через всю страну на нашу несчастную плазу.

-Да… Ну, а если бы увидела ее в первый раз, как и я, то
тоже бы не поверила?

-Не-а.

-Но почему?

-Не знаю. Ну, как я тебе не верю, когда ни с того ни с чего
вдруг приносишь цветочки. Раз цветочки-значит нашко-
дил.

-Нашкодил? Это твоя мама тебя..

-А при чем тут моя мама?! Опять начинаешь?

Дальше все понятно.

А уже совсем недавно еду в дождь через центр города. На углу у McDonalds, у самой проезжей части стоит молодая женщина с двумя детьми. Детям лет по пять. Дождь поливает. Ни зонта, ни плащей, Не помню, был ли какой-нибудь плакат. Конечно, всякое бывает. Но не могу себе представить, чтобы McDonalds не позволил детям переждать дождь внутри. Но сцена выглядела, как один из оживших плакатов Кетте Колвиц.

Пыхтя от возмущения, рассказал это жене. Она совсем не удивилась,

-А что, собственно, тебя так возмущает? Дети под дождем? Так не сахарные, не растают. Мы не в Гренландии. Она же не случайно там стала, эта баба. Ты что, думаешь она не знает, что такое зонтик?

-Не понимаю, откуда в тебе такой цинизм?

-Оттуда же, мой бесценный, откуда и твоя наивность, граничащая с…

-Короче. По существу.

-А по существу вот что. Этой бабе нужны деньги. Деньги дают, когда сочувствуют. Это если не взаймы. Она все сделала правильно. Ей нужно сочувствие. Поэтому и дети, и без зонта. И дождь вымолила. Вот тогда и дают деньги. И не стала она у французского ресторана. А у забегаловки. Вот если бы ей действительно было плохо, то, конечно, она бы детей так не выставляла. Если она мать, а не взяла детей в аренду. Все продумано. Компрене ву?

Нет, я не компрене. После стольких лет в этой стране я так и не научился отличать мнимое от настоящего. И это касается не только сидящих на бордюрах у входа в магазины.

Счастливчик

Как нормальный водитель реагирует на человека, идущего по обочине, в шортах и футболке холодным сентябрьским утром? Понятно как, с подозрением. А если еще, проезжая мимо, он замечает, что этот человек мокрый с головы до ног, хотя дождя нет, то он старается такого человека обьехать побыстрее. И по большой дуге.

Этим сентябрьским утром этим человеком был я. Правда, водителя не было. Дорога была пуста до горизонта. До ближайшего населенного пункта было часа два хорошего ходу. Я шел, не обремененный никаким грузом, кроме так называемого "funny pack," в котором лежал паспорт и кредитная карточка. Все остальное осталось в машине. Шел я легко, быстро высыхая под холодным ветром.

Раздолбанный пикап обогнал, проехал метров 10, слегка притормозил. Открылась пассажирская дверь и молодой парень в свитере крикнул в мою сторону,

-Чего, с пляжа топаешь?

До ближайшего теплого пляжа по прямой было часа четыре лету.

-Да нет.

-Гуляешь?

Но тут водитель пикапа через голову пассажира,

-Чего ты к нему пристал? Ну, нравится ему так.

-Ладно, поехали. Эй, прохожий, тебя не подбросить? Машина-то твоя где?

-Вон там,

Я спокойно указал на гремящую где-то в 60 футах ниже горную реку.

-Где??

Пикап стал, водитель и пассажир, два молодых парня, медленно подошли,

-Еще раз, машина где?

-Вон там.

Парни переглянулись,

-Ты в порядке?

-Вроде.

А потом один из них, указывая на свежие черные следы
шин, резко уходящие с колеи к обрыву,

-Твоя, что-ли?

-Да.

-Ты точно в порядке? А в машине еще кто-нибудь есть?

-Никого.

-Уверен?

-Да.

--Садись с нами, подкинем до ближайшей полиции. Дэн, у
тебя есть запасной свитер? Ага, дай ему, пусть накинет.

К счастью, вопросов больше не задавали. Городок, в который мы доехали минут за 25, состоял из пяти улиц, двух
мотелей, одного ресторана, полицейского участка и пяти
знаков "Stop." В полиции поинтересовались, где это произошло.

-Как с моста сьехал, поворот, асфальт переходит в гра-
вий. Там и вылетел с обрыва.

-Пассажиры?

-Нет.

-Машина видна?

-Нет, вся под водой. Вверх дном.

-Ладно, подьедем и посмотрим.

Потом полицейский позвонил в один из мотелей и, после краткого разговора, мне,

-Ничего не поломал, ничего не болит? Если что, позвони в нашу клинику-подберут. Сейчас заброшу тебя в мотель. Платить не будешь. Утром поедешь с нами к месту аварии. Мой телефон на карточке. Проблемы? Звони.

А потом сказал фразу, которую помню до сих пор,

-Кто-то думал о тебе. Не иначе.

Но тогда я не понял.

Ночью начала побаливать шея и плечо. Но как-то при-тихло к утру. Заехали за мной на полицейской машине около 8 утра и вскоре мы были на месте аварии. На проти-воположном берегу реки уже стоял автокран (как добрался туда - не знаю) и два человека по грудь в воде, что-то цеп-ляли за что-то в глубине. А потом из воды вытащили мою машину. Она смутно напоминала мою. Если бы не была так смята.

Убедившись, что в машине действительно не было пассажиров, меня обратно отвезли в городок. Сказали, что я могу улететь чартерным рейсом до большого города. А оттуда уже домой. На кредитную карточку я купил в местном сельпо штаны и две футболки. Попросил полицию передать свитер тому парню, который одолжил его мне.

 Утром следующего дня, стараясь не думать о стоимости билета на маленький самолет, где пассажиром был только я, вылетел по направлению в большой город. Через несколько часов и одну посадку я там и приземлился. Поскольку билет домой я не резервировал, то заплатил не то, что под горло, а уже под брови. И на другой день, под вечер, пройдя без проблем через паспортный контроль с американским паспортом, я был дома.

Машины у меня не было. Но до работы 30 миль. И ни трамваи ни троллейбусы не ходят. Надо было покупать новую. У дилера меня встретили очень приветливо. Предложили кофе и булочку. Потом спросили,

-А какого бы цвета хотели машину?

-Тойоту.

Снисходительная улыбка,

-Это понятно. Но цвет какой?

-Любой, кроме розового.

Новую или подержа..

-Новую.

-Отличный выбор. Идемте, покажем Вам наличность.
Еще какие-нибудь требования? Типа, кожаные сидения?

Это было годы тому, поэтому ни Blue Tooth, ни GPS, ни
камера заднего обзора, ни даже спутниковое радио в пакет
не входили. Лошадиные силы и кондиционер. Ну и СД
плэйер, для особо требовательных.

-Да. Мне нужен шести-цилиндровый, автоматическая
трансмиссия, более 200 лошадиных сил, и с настоящим ба-
гажником. И чтобы радиатор был металлический. Седан.

Ответ мне напомнил Шолом-Алейхема, его рассказы о сва-
тах, шадханах,

-Вы не поверите, но у меня есть именно то, что Вам
нужно. Один к одному. И не розового цвета.

И я действительно не поверил, ибо это было то, что я хотел. Оставалось совсем ничего-цена. Это был единственный случай в жизни, когда я торговался так, как будто завтра никогда не наступит. Никто из нашей семьи никогда не торговался. Или покупали, или уходили. Я уйти мог, но недалеко. Банковский кредит был ограничен. В запасе у меня ничего не было. За разбитую машину много не ожидалось.

Восемь раз в течении двух дней я приходил и уходил из этого dealershipa. Я не знаю еще случая, когда представители дилера избегали покупателя. Мне было сказано не менее 18 раз, что цену на эту машину они могут снизить, но не больше чем на $1,000. Я просил снизить цену в шесть раз больше. Мне смеялись в лицо. Я приносил Kelly Blue Book. Мне указывали, что это заводская цена и так не продают. Я соглашался и просил снизить цену. Наконец, менеджер не выдержал,

-Вы что, хотите нас взять измором?

-Да.

-Вы теряете время. Я, менеджер, говорю Вам-нет; за цену Вы предлагаете новая машина не продается. И, пожалуйста, не тратьте наше и Ваше время. Если Вы не принимаете наших условий, я не вижу смысла нашим представителям с Вами работать. Хорошего Вам дня.

Я перещел через дорогу в другой dealership, где без труда отыскал аналогичную машину, но дешевле, чем в предыдущем. Я попросил напечатать мне ценник и с этой бумагой снова вернулся в родной dealership. Не знаю, что на меня нашло. Может вспомнил, как под водой, захлебываясь, вниз головой, пытался отстегнуть заклинивший ремень безопасности. А может все те четыре переворота через голову, пока моя машина на скорости 75 миль в час летела с обрыва в горную реку, ударяясь о гранитные валуны и теряя колеса. Не знаю.

Меня явно избегали. Наплевать. Я зашел и попросил позвать менеджера. Ждал я его в небольшой комнате со стеклянными стенами. Вскоре он пришел,

-Я надеюсь, что Вы изменили свои требования. Мы с вами говорили пару часов назад. Если у Вас разумное предложение, то я готов Вас выслушать. Прошу Вас.

-Я пришел вам сказать, что на соседнем dealershipe я нашел аналогичную машину за цену, на которую они согласны, а Вы-нет.

При это я, как Остап Бендер, вынул из кармана напеча-
танный ценник и показал их менеджеру. Но издалека. И
спрятал в карман.

-Они гибче, чем Вы, идут на уступки покупателю. А пришел я сейчас сюда еще и для того, чтобы сказать Вам, что
хотел иметь дело с именно с вашим dealershipом, куда на
все гарантийные ремонты я бы водил свою машину годы.
Вот и все.

Через 40 минут я выехал с парковки этого dealershipа в
машине, которую я хотел и за цену, которую мог себе
позволить.

Через год после трех дней в дороге   я снова побывал на
месте аварии. Постоял над обрывом, посмотрел вниз на
гремящую горную речку и еще раз понял, что никогда бы
меня здесь не нашли. В таких местах не ишут. А потом
заехал на местное авто кладбище. Менеджер посмотрел
на меня, усмехнулся, сказал "Ходячее Чудо," и без слов
повел меня к тому, что когда-то было моей машиной.

 Она стояла так, как ее и вытащили со дна реки год назад.
Крыша лежит на спинках сидения, без двух колес, пере-
док сплющен, какие-то полусгнившие карты, порванный
спальник, кроссовки, свернутый "клюв" ледоруба,

размокшие пакеты с овсянкой, сломанные солнечные очки, битое стекло, перекошенный как от зубной боли багажник.

И я опять вспомнил слова полицейского, "Кто-то думал о тебе. Не иначе." Но сейчас уже до меня дошел смысл.

PS. С тех пор каждый год "День Аварии" я отмечаю, как свой второй день рождения. И каждое рождество в течении многих лет я посылал рождественские подарки тем двум парням, которые остановились и подобрали меня.

Уикэнд

Красиво, как на картинке. Обычно так говорят, когда красиво. А что сказать, если красивее, чем на картинке? Если огромное озеро покрыто голубым полу-прозрачным льдом. По периметру огромные деревья завалены на треть высоты снегом. Фоном служат черно-белые насупленные горы. Ни одного облачка. Фиолетовое небо. И на 100 миль вокруг ни одного телеграфного столба. А, ну да, и это конец июля, Западное полушарие, и в 480 милях на юг- Мексика.

Под такую красоту торчать в машине не пристало. Я вышел, впервые за семь часов позволил себе потянуться и закрыть глаза. Потянулся я так хорошо, что джинсы стали короткими. После многочасового гула двигателя и воя ветра в полуоткрытое окно мои уши наконец перестали торчать топориками и расслаблено повисли в лучах уже заходящего солнца. Другими словами, слух начал возвращаться. Я услышал, как потрескивает остывающий мотор, как где-то вдалеке натужно ревет, карабкаясь по серпантину дороги, очередной семейный трейлер, и как в трех милях на запад белка нумерует орешки.

Это было место, где я бы хотел, чтобы меня похоронили. Но не сейчас. Сейчас я спустился к озеру и, не найдя тропинки, начал перелазить через заваленные снегом не то поваленные деревья, не то валуны, чтобы найти то место, где до меня еще никого не было. В очередной раз провалившись ниже колен в какую-то рытвину я осознал, что здесь точно до меня никого не было. Ну если только насильно не затащили. Сделав несколько снимков, я вскарабкался по крутому склону и вышел на подобие дороги. Пора было возвращаться к машине и выезжать из красоты. Послезавтра уже надо быть на работе.

Подойдя к машине, я сразу увидел, что, скорее всего, на работу я опоздаю. Оставив раскаленную многочасовой поездкой машину на неутоптанном снегу, я нашел ее утонувшей выше колес. Дверь я открыть не смог. Попытка откопать ни к чему не привела. Основные вещи были в салоне, а в багажнике лежал лишь спальный мешок, домкрат, запасное колесо, и два бумажных стаканчика из Starbucks. Конечно, лучше копать стаканчиком, чем голыми руками. Или домкратом. Но солнце зашло. Холоднее становилось по экспоненте. После получаса усилий я смог отрыть снег только до оси колес. И машина у меня была обычная, без привода на задние колеса. Вообщем, надо было принимать решение. Я его и принял: чтобы не замерзнуть я пошел вниз по дороге, Шел я очень быстро, так как поверх футболки у меня была ветровка и от холода это не спасало. Могло бы спасти от легкого утреннего бриза. Это если стоять на застекленной, отапливаемой веранде где-нибудь в Оберленде. Швейцария.

Минут через сорок я вышел к небольшому домику с признаками жизни. Мне повезло, так как здесь жил рейнджер. Он не удивился моим стенаниям, сказал, что это случается и он мне поможет.

-Где ваша машина?

-Та наверху, перед крутым поворотом на лесную дорогу. Номер 483, что-то вроде.

-Знаю. Ну, хорошо, сейчас поедем.

Он вывел с заднего двора снегоход-мотоцикл, кивнул мне на заднее сидение. Тут у него вдруг ожило радио. Он что-то спросил, потом еще раз переспросил и, обернувшись ко мне, сказал,

-Повезло вам. Там в лесу, милях в четырех от вашей машины застряли два парня. На своем LandRover. Так что, по пути.

-А чего мне повезло?

Он засмеялся,

-А потому что, приди вы на 10 минут позже, пришлось бы ждать. Правда, в тепле и с пивом. Но ждать. Ну, держитесь? Поехали.

Здорово мчаться на снегоходе по снежной дороге. Это если в шапке и теплой куртке. Это я так думаю. Но в нейлонке почти на голое тело… Наверное, то же самое чувствовала Лэди Годива, прикрывшись волосами. Спасал меня жар от двигателя. Скажем так, от ступней до пояса я был как в бане. Выше пояса баня резко кончалась.

Я думал, что мы будем ехать по дороге так, как я шел. Я ошибся. Мы резко свернули, запрыгали по каким-то кочкам. Потом снегоход на мгновение замер.

-Ну, как, парень, держишься?

-Да, вроде.

-Держись крепко, сейчас будем прыгать.

-Чего?

Заревел двигатель, как говорят спецы, на форсаже, и мы рванули с места, как от взрыва. А затем довольно чувствительный удар под зад, и мы снова едем. Буквально через несколько минут мы остановились у моей машины. После 10-минутной инспекции рейнджер огласил диагноз,

-Вытащим вашу машину первой. Поедете до моего дома. По дороге вниз, это рядом. Подождите там. А я мотанусь к тем ребятам с LandRover. Там немного посложнее будет. Они в рытвине сидят.

-Спасибо, но я думал, что смогу добраться до …

-Да куда на ночь, дороги вы, похоже, не знаете. Первый раз здесь?

-Да.

-Ну, попьете горячего чаю. А утром поедете. Ну, смот-рите, потому что дальше если вьедете в сугроб, то…Радио у вас нет?

-Нет.

Так это до утра, пока не заметят. Как?

После очень короткого раздумья,

-Хорошо, идет.

Машину вытянули быстро. Я уже собирался ее завести, ко-гда рейнджер чертыхнулся,

-Забыл одну штуковину взять для LandRover. Иначе не вытащить. Черт, придется обратно ехать.

-Ну, это же недалеко.

-Да. Надо связаться с парнями. Они про вашу машину не знают. И ждут. Хоть радио у них есть.

Разговор занял две минуты. А потом он, неожиданно,

-Вы никогда не водили снегоход? Хотите попробовать? Все равно я потом сюда же и приеду.

-Так, они же там ждут…

-А мы же не кататься едем. Это всего несколько миль. Парни в порядке. Я вас потом сюда заброшу и вы уже своим ходом до моего дома.

Сколько я буду жить, столько буду помнить эту очень короткую поездку снежной ночью, через снежный лес, на снегоходе. И без моих очков для вождения. Я, как во сне, взгромоздился на сидение, забыв взять в машине куртку, шапку и очки. В жизни я не водил мотоцикл, и рейнджер мне очень быстро обьяснил, где тормоз, где сцепление, и где газ. Потом указал на просеку в лесу, прыгнул на заднее сидение и позволил мне тронуться с места. Первые метра три я медленно возвращался к реальности. Вокруг была

глухая темнота. Яркая фара снегохода освещала пространство впереди. Я четко видел метров пять впереди себя. И
это все.

--Давай, прижми немного. Пока все хорошо.

И я прижал. Вот если бы просека была прямая. Вот если
бы я не боялся свалиться в ту промоину, через которую
мы совсем недавно прыгали. Вот если бы было солнышко.
И, вообще, почему я не остался на выходные дома?

Никогда не думал, что так легко быть водителем-трюка-
чем. Поощряемый комментариями сзади, я гнал по изви-
листой, ухабистой, снежной тропе, поворачивая только тогда, когда видел, что тропа поворачивает. Что при отсут-
ствии очков означало, что я поворачивал приблизительно в
трех метрах от стоящего впереди дерева или снежного за-
вала. Не снижая скорости, так как не успевал среагиро-
вать. Препятствия я обьезжал, когда они уже практически
наваливались на нас. Из чувств у меня осталось одно: я НЕ
хочу, чтобы меня здесь похоронили. Наконец, а прошло
всего ничего, я вырвался на дорогу.

-Ну, ничего себе! Вы что, в гонках по пустыне участвуете?
Я подумал, что вы это пошутили, что не водили снегоход.

Я очень медленно приходил в себя.

-Да…, спасибо. А где же эта промоина, через которую мы прыгали в первый раз?

-Да там же она. Вы ее на скорости обьехали. Через бугор какой-то.

Меня слегка затошнило. С опозданием.

--Вы молодец. Секунду, возьму приспособление для машины тех ребят и заброшу вас к вашей. Еще раз не хотите попробовать?

С трудом подавляя желание сесть в снег и закрыть глаза,

-Да нет, уже и так хорошо.

Когда я спустя полчаса подьехал к домику рейнджера, его снегохода еще не было. Я сидел в машине, закрыв глаза. По-моему, даже задремал. Было тепло, тихо, и ничего не хотелось. Хорошо, что никуда не надо ехать в ночь. Потом я услыхал звук мотора и кто-то постучал в стекло.

-Чего же вы сидите в машине? Зашли бы в дом.

Дом был небольшой. На кухне у стола уже сидело двое детей. Лет 7. Жена рейнджера, молодая женщина, слегка склонная к полноте, в длинном до колен свитере и старых джинсах, поставила передо мной стопку горячих оладьев, придвинула небольшую баночку с вареньем,

-Давайте, попробуйте, наше, из ежевики. Вот, малые насобирали.

Дети смущенно засопели и налегли на какую-то не то кашу, не то пудинг. А потом был чай из местных ягод, очень ароматный, и слегка усыпляющий. А может это тепло подействовало. Мы разговорились. Он бросил Стэнфорд после трех лет, подучился на рейнджера. Сначала был в каком-то Национальном Парке, потом попал сюда. Жена окончила какой-то местный колледж. Не сказала, по какой специальности. Занимается детьми и коллекционированием полудрагоценных камней. А здесь, по ее словам, их полно. При этом, я машинально посмотрел под ноги. Они это заметили и весело рассмеялись.

Все электричество идет от солнечных панелей, которыми устлана вся крыша. Ну, почти вся. Говорят, что хватает. Да, надо чистить от снега или от всяких наносов, но лучше, чем дизель-генератор. Хотя, он у них тоже есть. Так, на случай.

Мы говорили на самые разные темы, не касаясь, по традиции, политики и религии. Я это правило усвоил в первые два месяца пребывания в этой стране. Правда, там было три табу: политика, религия, и зарплата. Конечно же, меня забросали вопросами о СССР. Стараясь не превратить разговор в монолог, я ограничился чисто бытовыми, смешными деталями. Дети уже давно могли пойти спать, но их ни кто не гнал. Они слушали, перебивали, спрашивали. А потом, одновременно зевнули и, как англичане, ушли к себе, не попрощавшись.

Мне предложили место на кухне. У них всего две комнаты а гостиной, как таковой, не было. Я вежливо отказался и не пожалел. На улице было очень холодно и очень светло. Звезд не было. Все небо светилось. Все звезды наскакивали друг на друга, ни одно созвездие невозможно было распознать. Ни облачка. Я впервые понял, что термин Млечный Путь правильный. Но не совсем. Это не молоко. Это, как россыпь светлячков, но без конца и края. Все звезды видны. Все сразу. Все 600 триллионов. Или 610, если не моргать.

Я вытащил из багажника спальный мешок, так называемый Mummy Bag, положил на снег под него коврики из машины, чтобы не пробирало холодом и забрался внутрь мешка. И все ушло. Семь часов гула мотора и воя ветра, пронизывающий ветер, подъемы, спуски, проваливания в снег, копание его голыми руками, исчезло все. Осталась теплота в желудке от домашнего чая с домашним вареньем, теплота общения, когда не надо притворяться, теплота

спального мешка, рассчитанного на -60 градусов по Фарен-
гейту. И еще пришло , в очередной раз, осознание, что как
хорошо, что не остался дома на выходные.

Эскорт

После визита к стоматологу возвращаться на работу уже не хотелось. Поехал на океан. Было время дневного прилива, так что особо не походишь. Волны накрывали почти весь пляж. Наступало время осенних штормов и даже в выход-ные дни пляж был малолюдным. А сейчас он был пустын-ным. Я прошел минут 15 по скользким камням, отпрыгивая от волн и понял, что пора уходить. Деревянные ступеньки, что вели наверх, скорее всего были сколочены человеком, который не любил человечество. Все ступеньки были раз-ной высоты и ширины, поэтому надо было все время смотреть под ноги. Я это и делал, но все равно споткнулся о коврик, расстеленный прямо на ступеньке. На коврике заложив левую ногу за голову а правую вытянув перед со-бой сидела женщина. Из тех, к кому даже в пенсионном возрасте обрашаются "девушка." Лет 28-30. А может и 29-33. Поскольку она сидела с закрытыми глазами я счел нужным представиться,

-Это йога?

С таким же успехом я мог бы спросить, как пройти в библиотеку. Как в известном фильме.

-Я вам мешаю пройти?

Это было сказано не открывая глаз и не шевельнув мускулом.

-Да нет. Просто хотел поддержать разговор.

-Я его с вами не начинала.

-Извините.

И, уже уходя, добавил по-русски "…Музыка навеяла…"

Услыхав легкий смешок, я обернулся.

-Как чувствовала, что из России. Американец бы 200 раз прошел мимо без комментариев. Наши не могут.

Она это сказала по-русски, уже изменив позу и повернувшись ко мне.

-Ну я потому и спросил, поскольку ни одна американка не будет в такую холодину и мряку сидеть полуголая на ветру .

-1:1. А ваше "мряку" говорит о том, что вы с Украины.

-Да ладно, так и в Нальчике говорят.

-Вы там были?

   Она поднялась и начала неторопливо свертывать коврик. При виде этих неторопливых движений мне стало еще холоднее.

-Я? В Нальчике? Не был. Но те, кто были, говорят, что…

Она рассмеялась,

-Типичный джентльменский набор. Или цитата из Бабеля, или из Швейка, или из Жванецкого.

-Не угадали. Это Петрарка.

-А, ну да, как я могла ошибиться? Манифест Коммунистической Партии. Да, кстати, если вы надеетесь меня провожать, то мне в другую сторону.

Отступать надо достойно, поэтому я, как казалось мне, холодно произнес,

-А с чего это я буду вас провожать? Война? Ночь?

-Ну раз вы так настаиваете, то так и быть. Но я на это иду чисто из гуманитарных целей. Вид у вас какой-то слегка задрипанный.

Я оскорбился ,

-Вам давно нерв из зуба мудрости удаляли? Под наркозом 3 часа и только сейчас отходить начал.

Она хмыкнула и остановилась на той же ступеньке, что и я,

Ну, допустим, это час а не три часа. Ладно, проехали. Пока идем вгору доложите о себе. Чего вы достигли в этой стране?

К своему удивлению, врать мне не захотелось. Когда я закончил свой рассказ, я ожидал какой-угодно реакции, но только не той, которая последовала.

-А если честно, без этой брехни?

-Ну, если это брехня, то …

--Вы сейчас поймете, почему я так сказала. Вы же хотите задать мне такой же вопрос, так?

-Ну, вообщем, да. Если не хотите, то…

Она опять хмыкнула. Как мне показалось, цинично.

-Ну, давайте, спрашивайте. С чего начнем? Между прочим, ваша машина где, на этой парковке?

Я огляделся и увидел, что за энтузиазмом разговора прошел свою парковку и еще мили полторы.

-Я же вас провожаю.

-А, ну да. Сначала вы меня, потом я вас. Ну а потом, как порядочная девушка, я буду просто обязана выйти за вас замуж. Даже, если судя по кольцу, вы уже. Ну так что, походим к вашей парковке, а то вы уже слегка позеленели от холода. Или, знаете что, на насильника вы не похожи, шарма не хватает. Так что можно посидеть в моей машине. Но не на заднем сидении. А потом я вас подвезу к вашей. Лады?

Все это было как-то необычно. Что-то слегка театральное, как вызов, присутствовало в каждой ее реплике. Она как-бы знала заранее любой возможный сценарий и разрабатывала или поворачивала его, как хотела. Машина была хорошая, *Infinity* Q-50. Она открыла машину, махнула рукой, предлагая мне чуть подождать, перекинула какие-то шмотки на заднее сидение. Я отвернулся и медленно пошел вдоль почти пустой парковки, чтобы не стоять над душой. Остатки солнца пропали и стало холодно. Низкий кустарник не спасал от ветра.

-Давайте, заходите, печь я уже растопила.

В машине было хорошо. Не надо было напрягать голос и украдкой утирать бегущие из-за холода сопли.

-Еду я вам не предлагаю, так как любой мужчина всегда понимает это неправильно. Разрешения жевать самой я не спрашиваю, вы у меня в машине. Но, вопросы задавать можете. Можете и опубликовать.

-Спасибо. Да, в машине удобно. Ну, вы меня вычислили, я с Украины. А вы откуда?

Она положила надкусанный бутерброд на подлокотник, по-вернулась в мою сторону, по-крестьянски подперла подбо-родок и мелодичным голосом негромко пропела:

"Городок наш

Ничего,

Население

Таково,

Незамужние ткачихи

Составляют

Большинство…"

Я смог ее наконец рассмотреть. Явно моложе 30. Шатенка, очень загорелая, глаза непонятного, какого-то янтарного

цвета. В углу рта небольшой шрам. Подстрижена под маль-
чика, что ей очень шло.

-Ну, это что, Иваново?

-Ну да. Лечебный факультет.

-Чего, серьезно?

-Да, педиатрия. Конечно, нет. Шино-монтировшица на
станции техобслуживания.

Мы оба рассмеялись.

-Ну, шино-монтировшица не поедет в Америку. Врач, скорее всего, да.

Она слегка отвернулась, помолчала. Потом.

-Муж настоял. Он был лабухом. Окончил консерваторию,
учил детей, потом пытался свой ансамбль создать. Кончилось игрой по ресторанам.

Зло,

-Он считал, что если он аид, то в Штатах он будет жить
в Карнеги Холл. Полгода после приезда мы напару стирали
разные причандалы для еврейских домов для престарелых.
В Нью- Иорке. То там, то еще где-то. За копейки. Я ему
говорю, что , мол, надо мне готовится подтвердить

диплом врача. Так а когда? Еле за жилье тянули. Пошла ругань, скулеж. Я пошла подрабатывать в McDonalds, в ночную смену. Ну, когда дальнобойщики заезжают. А он-дома, в ящик уткнется. И вся любовь.

Она замолчала. Я молчал. Спрашивать и продолжать разговор мне расхотелось. Ничего нового она не сказала. Очень многие столкнулись с подобным. И не все выплыли. Надо тактично выходить и из этого разговора и из машины.

-Ну, а потом я нашла себя. Ну, так мне казалось.

Я приободрился. Ну, хоть оптимизмом повеяло. А то, просто Каприччос Эль Греко.

-Подтвердили диплом врача? Смогли устроиться в клинику?

Она весело рассмеялась,

А, ну да, в клинику. Устроилась в Эскорт-сервис. Ну, и чего вы не делаете длинное лицо и не говорите "Что, серьезно?"

Это то, что я и хотел сделать. Не успел.

-Платили очень хорошо. Многое сразу стало доступно.

-Ну, это весьма специфическая работа, мне кажется и я думаю, что..

-Вам не кажется. Работа специфическая. Сопровождаешь бизнесмена за плату на симпозиумы, конференции, везде. Он оплачивает все. Секса нет. Еще раз, секса нет. Тот эскорт совсем другой. У нас даже номера в гостинице бывают на разных этажах. Я не секретарь. Но если у меня есть секретарские навыки или, скажем, массажиста, кого-угодно, то это дополнительная плата.

Я слушал, открыв рот. Понятия не имел.

-И чего еще хотеть? Деньги. Люксовое, в основном, жилье, застрахована от всего. Одно неверное движение со стороны заказчика, и он влетает в такое, что 20 раз пожалеет.

-Ну, а чего, совсем нет минусов?

-Полно. Но пусть вам кто-нибудь другой об этом.

Я откашлялся, не зная, что сказать. Потом,

-Ну а как муж на это?

-Вы имеете в виду бывший муж?

-Извините.

-Да, уже все проехало. Я оттуда ушла. Надоело. Деньги получила неплохие.

Наступила пауза. Она повернулась в мою сторону, до этого она говорила в лобовое стекло, и серьезно спросила.

-Хотите, я вам покажу, где я работаю сейчас?

-Ну-у-у.. Если вы так настаиваете…

И снова мы оба рассмеялись.

-Это совсем рядом. И я вас потом подвезу к вашей машине. Мне почему-то хочется вам показать мое место работы. Наверное потому, что вы не облизнулись при словах эскорт сервис.

Через минут 10 мы подьехали к стоящему над океаном одноэтажному кафе. На фасаде зеленело большими буквами **"Cherry Orchard"**.

-Да, престижное место. Тут , наверняка, на место официантки конкурс, как в мединститут.

Она засмеялась,

-Да, где-то так.

-Ну вам-таки повезло сюда устроится. Рад за вас. После всех мытарств.

Она помолчала,

-Хотите зайти, посмотреть?

-Да знаете, в другой раз.

-Ну, хорошо. Я вам дам визитку. Позвоните заранее. Берите жену, думаю, ей понравится.

-Спасибо. А по каким дням ваша смена?

Она рассмеялась,

-По всем. Это мое кафе. А хороший живой джаз здесь играет по средам и субботам. Профессионалы. Мой бывший-руководитель.

Искусство перевода.

Когда начальство вызывает в начале рабочего дня, это никогда не сулит хорошего. Как и в любое другое время. Но когда вызывает главный менеджер атомной электростанции, то это настораживает. Особенно, если он до этого вообще не слыхал о твоем существовании, а ты его видел только во время общих собраний. Будучи человеком дела и отсутствия времени, он сразу перешел к делу,

- Я просмотрел ваше резюме, так как мне сказали, что вы знаете русский. Это точно?

-Да.

-Вы могли бы побыть переводчиком в течении недели?

-Не пробовал себя в таком качестве. Для чего, можно узнать?

-К нам приезжает делегация работников одной из атомных электростанций России. Вот для улучшения контакта с ними.

-Я бы не хотел. Я еще не совсем забыл, как я выезжал оттуда. Тем более, большинство людей с высшим образованием в СССР или России знакомы с английским языком. К тому же, уверен, у них будет свой официальный переводчик.

-Не могу вас заставить, дело ваше. Но нам бы очень помогло, если бы с ними был один из наших инженеров. Вы здесь работаете не первый год и знаете детали, которые их могут интересовать. Да, и между прочим, Госдепартамент и министерство энергетики разрешило нам показать им почти все. Не все, но почти все. Ну, это уже будет не ваша забота.

-Так а как же работа?

-Если вы согласны, то будете при них в течении пяти дней, пока они здесь, на станции. Нет, за пределами станции они пусть уже своим ходом. Согласны?

-Хорошо.

-Отлично. Сейчас идем к начальнику эксплуатации и все уладим.

Начальник эксплуатации, бывший капитан атомной подлодки, воспитанный в лучших традициях холодной войны, воспринял идею прохладно. Выслушав предложение вице-президента VP Nuclear, он сморщился а потом произнес незабываемую фразу,

-А откуда мы знаем, что он,- кивок в мою сторону, - переводит нам правильно, а не то, что русские хотят, чтобы мы думали?

В душе я понимал его логику. Я бы думал так же. Но это был мой звездный час. Надо было бы быть полным идиотом, чтобы этим не воспользоваться.

-Вы правы, сэр. Откуда вы можете знать, что я вожу то, что есть, а не то, что хотят, чтобы мы

услыхали. Самое лучшее, это взять из госдепартамента
или из ООН профессионального синхронного переводчика, платить ему долларов 150 в час и уже быть уверенным во всем. Так что, спасибо за предложение, но я отказываюсь.

Легко сделав обиженный вид, я вышел из кабинета. Но
уходил я не быстро и был прав. Главный менеджер догнал меня в коридоре,

-Не обращайте внимание. Это военно-морская выучка 60-х
годов. Лично к вам у него ничего. Он не против. Это
было так, для поддержания бдительности.

Делегация состояла из десятка человек во главе с директором электростанции. Вместо одного переводчика было
две переводчицы. Одна официально из Министерства
Энергетики России, или что-то вроде, вторая-оттуда же,
откуда и вся делегация, с российской атомной станции.
Переводчицы, молодые женщины, отлично знали английский язык. Все члены делегации, это судя по списку
должностей, были руководителями разных отделов на той
станции. Лицо одного из них показалось мне знакомым.
Но кто это, я вспомнить не мог.

В первый день я представился, рассказал пару шуток и
контакт был установлен без проблем. В помощь мне
начальство выделило еще одного переводчика, вернее, переводчицу. Приятная и толковая женщина, которая работала в одном из наших инженерных отделов. Она эмигрировала из СССР приблизительно в то же время, что и я.
Ранее нам встречаться не приходилось.

Русскую делегацию разделили на две группы, по переводчику на каждую. Мы не ходили друг другу в затылок. У каждой группы день был расписан индивидуально, то есть то, что смотрят одни сегодня, другие будут смотреть послезавтра. Я был поражен, увидев, как по малейшей просьбе членов русской делегации им давали чертежи, описания, расчеты. Конечно, не все. По-моему, они были полностью не готовы к такой открытости с нашей стороны.

Естественно, моя английская грамматика была не на самом высоком уровне. Но если задавался вопрос о мощности насоса, то я не отвечал данными с нью- йоркской фондовой биржи. Я чувствовал, что многие члены делегации неплохо знают язык. Но переводил я все, как и было указано. "Доброе утро,"-" Good Morning." "Давайте посетим турбинную площадку,"-Let's visit the turbine deck." " Время ланча."-"Lunch time." " Это туалет,"-This is a rest room." "М-это не для женщин,"-"M- means not for ladies." "Выход- Вход,"- "Exit-Entrance." "Спасибо-Thanks." И подобные языковые головоломки.

В предпоследний день один из наших ведущих инженеров, специалист в области компьютерной диагностики надежности оборудования атомных электростанций, делал доклад для всей группы. Присутствовал также наш главный менеджер электростанции, пару просто менеджеров, и аж четыре переводчика. Два наших и два с российской стороны. Доклад был насыщен спецификой, многие термины на русский язык переводить было непросто. Прямой аналогии не было, приходилось подбирать похожее. Мы работали в полную силу. Доклад был интересен. Это была новая область и наша электростанция была ведущей в США в этом вопросе.

В процессе доклада члены делегации задавали вопросы. Все по существу. После того, как докладчик остановился на мгновение чтобы передохнуть, один из членов делегации,

-Ну, все это действительно очень интересно. Но по каким критериям, я не понял, вы наделяете тот или иной компонент статусом самого критического? Неужели только по количеству отказов в работе? Тогда алгоритм вашей программы не отразит реальность. Мне так кажется.

Этот вопрос он задал по-английски. Девочки-переводчицы уставились в пол. Наш главный менеджер посмотрел на меня и слегка поднял бровь,. Легкая улыбка. Директор русской электростанции скучающе посмотрел в потолок. Без проблем я , в параллель с улыбающейся напарницей, перевели этот вопрос с английского на русский. Как она сказал сразу же,

-Ну чтобы всем понятно было.

И как ни в чем не бывало, мы продолжали переводить на русский Спасибо, Пожалуйста, До свидания.

В последний день наше руководство устроило для всех расширенный ланч в прибрежном ресторане. А на вечер главный менеджер нашей электростанции решил устроить для русской делегации и для переводчиков с супругами имитацию празднования Дня Благодарения у себя дома. До Дня Благодарения оставалось несколько месяцев.

Ланч в прибрежном ресторане проходил в стиле ла фуршет. Все было приятно и предсказуемо. Я делал себе двойной бутерброд из копченного мяса, когда ко мне подошел один из русской делегации.

-Извините, я хотел бы у вас кое-что спросить. Знаете, так, напрямую, проще.

-Конечно. Давайте, что там у вас?

-Понимаете, я долгое время работал инженером на предприятии, которое, ну, скажем так, утилизирует устаревшее ядерное оружие. И сюда же входит дезактивация оборудования и всего прочего. Понимаете?

-Не совсем. Это не моя область.

-Да нет. Я вот к чему. Наша инженерная компания разработала метод дезактивации оборудования, которое было до этого высоко-радиоактивным. Мы получили патент. То есть, это не мышиная возня.

-Это я могу понять. Патент-это серьезно. Но, я-то как с этим…? Вон, наш главный тут, переговорите с ним. Если перевести, то тут и ваша Света есть. Да и я могу помочь.

Он немного помолчал. Я надкусил бутерброд и потянулся за горчицей. Он,

-Понимаете, я не могу так официально говорить с вашим начальством. Это все очень неформально. Я бы вот что хотел. Передайте своему начальству наш разговор. Если их это заинтересует, то, может быть, мы могли бы протолкнуть эту техническую идею здесь. Информацию могу переслать, как только потребуется. Ну а нет, так нет. За спрос не бьют.

-А почему именно наша станция? Почему вы не попробовали на высоком уровне?

-Ну, а где я еще буду здесь? Завтра вечером улетаем домой. Или, когда еще? Я же ничего нелегального не предлагаю. Начальству просто передайте. Вот моя бизнес-карточка. Заранее, спасибо.

Вечером мы с женой подкатили к дому нашего директора. Все было отлично устроено. Полная имитация Дня Благодарения с индейкой и всем остальным. Неформальные разговоры, тосты. Переводчики в работе. Один из русских гостей предложил тост "За наших жен," ибо только Господь Бог знает, что они терпят. Одна из присутствующих женщин предложила встречный тост, типа, "…и Он знает, почему мы это все терпим…." По непонятной причине все мужчины гордо выпятили грудь. А женщины улыбнулись.

Моим соседом был человек, который показался мне знакомым еще в первый день. Оказалось, что мне не показалось. Много лет тому мы пересеклись недолго на одной из атомных электростанций. Он теперь занимал важный пост, но пообщались мы дружески. Уже вечер подходил к концу, когда директор российской атомной электростанции постучал по бокалу. Стало тихо. Он поблагодарил нас за отличный прием, за возможность спокойных и содержательных обсуждений технических проблем в ядерной энергетике. А потом,

-Конечно, мы не можем отблагодарить вас в таком же масштабе, как это сделали вы. Но, позвольте преподнести присутствуюшим здесь американкам традиционный русский сувенир. А, ну да, чтобы не было семейных сцен, и их мужьям чуть-чуть. Как говорят, на донышке.

Американки получили шали , изготовленные в Павловом Посаде. Каждая-индивидуальной расцветки и дизайна. Их мужья- наручные часы военной тематики. Типа "Танковые войска," "Подводный флот СССР," "Военно-Воздушные силы СССР." Что интересно, но ни одного тоста за дружбу между нашими народами и за мир не было. Наверное поэтому вечер удался.

А где-то через пару недель, роясь в бумажнике в поисках монет на прачечную, я наткнулся на визитную карточку одного из членов русской делегации и вспомнил наш разговор во время прощального ланча. Я никогда не любил выступать посредником. Тем более в таких делах. Я обсудил это со своим коллегой и мы решили послать имайл вице-президенту нашей компании (более 13 тысяч работников), который отвечал за Исследования и Внедрение Новых Технологий.

Текст составил я, отредактировал мой коллега, предки которого жили в лесах Кентукки до прихода белых. Через несколько дней мы получили ответ. Смысл был в том, что интересная идея, давайте информацию, разрешаю ее запросить в России. Ответ из России через факс я получил через несколько дней после запроса. Страниц 10 описаний и схем. Большинство текста на английском.

В тот же день я отослал эту информацию по назначению. Где-то через пару недель я был приятно удивлен, когда получил имаил от вице-президента нашей компании, который отвечал за Исследования и Внедрение Новых Технологий. Копия имаил шла моему менеджеру. Там говорилось, что он такого-то числа будет у нас и запланировал 40 минут на обсуждение информации, которую он от меня получил. Мой менеджер сразу же меня вызвал,

-Через мою голову можно обращаться только к Господу Богу. Ты на что жаловался?

-На еду в кафетерии. На завышенные зарплаты всем, кроме меня.

-Мы не на ланче. Там будем шутить. Чего он решил с тобой встречаться?

Я рассказал. Менеджер покачал головой,

-Пустое.

-Но почему? У них же патент. У меня и номер патента есть. Международный.

-Пустое. Наши в Вашингтоне похоронят. Ладно, делай, но не в ущерб работе. Это ясно?

Мой коллега и я подготовили слайд-презентацию (это было еще в те времена). Вице-президент по Исследованиям появился не один. С ним был консультант. Они внимательно выслушали нашу презентацию, задали несколько вопросов, попросили копию презентации и собрались уже было сворачиваться, когда мой коллега,

-Да, тут еще одна вещь. Вот мы с ним,-кивок на меня, - прикинули, что можно провести проверочный эксперимент. Берем какую-нибудь маленькую деталь, радиоактивную. Используем их технологию. Нам нужно где-то 500 киловатт, 20 квадратных метров и их, русский, запатентованный продукт. Прогоняем через процесс. Они утверждают, что после такой дезактивации материал выходит чистый, как слеза. Проверим.

Влез я, большой финансовый специалист,

-И теперь, если пойдет, все атомные электростанции страны будут свозить нам радиоактивное оборудование. Мы будем его возвращать в исходное, чистое состояние. И не бесплатно. Не нужно будет могильников для старых элементов реакторов и другого оборудования первого контура и…

-Если пойдет,

перебил меня вице-президент по Исследованиям. И, уже уходя, подбросил идею,

-Попробуйте получить реакцию Secretary of Energy. Это было бы неплохо. Разрешаю запросить его. Пришлю имайл с разрешением.

Учитывая разницу во времени, звоню так, чтобы в офисе Secretary of Energy кто-то был. Отвечает слегка раздраженный, полусонный голос. Представляюсь, говорю откуда и сообщаю, что пересылаю по факсу на имя Secretary of Energy техническую информацию для ознакомления. Еще раз подчеркиваю, что звоню с атомной электростанции. Прошу подтвердить получение факса. На факс приходит сообщение, что все страницы прошли. Звоню в офис снова,

-Я сейчас переслал по факсу 15 страниц тех. информации. Посмотрите, пожалуйста, как качество. Читать можно?

-Я ничего не получала.

-Но мне же пришло подтверждение, что все 15 стра…

-Уже сказала, ничего нет.

-Так номер факса следующий, это…

-Номер такой. Ничего нет.

-Ладно, я сейчас перешлю.

Процедура и диалог полностью повторяются. Результат тот же. Попытка перезвонить в третий раз натыкается на автозапись, Звоню с утра. Отвечает слегка раздраженный, полусонный голос. Представляюсь, говорю откуда и сообщаю, что пересылаю по факсу на имя Secretary of Energy техническую информацию для ознакомления. Еще раз подчеркиваю, что звоню с атомной электростанции. Прошу подтвердить получение факса. На факс приходит сообщение, что все страницы прошли. Звоню в офис снова,

-Извините, но Вы получили 15 страниц технической информации?

-Я вам сказала еще вчера, что ничего нет. Вам что, нечего делать? Secretary of Energy очень занят.

-Послушайте, это важная информация и…

--Я сижу рядом с факсом. Ничего нет.

-Так мне же приходит подтверждение, что прошло.

-Так а чего вы тогда трезвоните? А, вот на полу какие-то бумаги. Передам.

Спустя несколько месяцев пришел факс из России, где спрашивали о прогрессе в интересе. Ответил, что рассматривают. Глубокий вздох я услыхал даже через океан. А еще через пару месяцев совершенно неожиданно мне позвонили из крупнейшей компании Haliburton и прямо спросили, как мы воспринимаем ту самую идею. Я ответил, что рассматриваем.

Прошли годы. Поменялись не один раз президенты. И Secretary of Energy тоже. Или им еще передают, или они еще вникают. А может уже и рассматривают. А может, просто переводят. Я знаю, что это непросто.

Исключение

Страна была небольшая, прохладная, дождливая. И с ветром. Страна для тех, кто не умиляется теплой волне, горячему песку, и коктейлем под пляжным зонтиком. В небольшом городе туристы не идут друг другу в затылок. Их вообще немного. Город продут прохладным ветром, вымыт дождями. Чисто. Как-то не тянет даже сплюнуть на тротуар. Многоэтажек нет. Как впрочем и этнических ресторанов, за исключением одного-двух. Не слышно криков муэдзинов и не долбит мозги перманентно-счастливая музыка мариаччи.

Утром, спустившись в гостиничный кафетерий, я был приятно поражен почти полным отсутствием здоровой пищи. Длинный стол был уставлен рыбными блюдами горячего и холодного копчения, несколькими сортами аппетитно выглядевшего и призывно пахнувшего мяса, настоящей, не пережаренной картошкой, пюре, маринованными помидорчиками, и еще десятком блюд, которые ну никак не выглядели, как салат из цветной капусты.

Я три раза обошел этот длиннющий стол и прикипел к здоровому блюду, на котором было выложено штук 30 бело-розовых, красноватых, коричневых и просто полупрозрачных ломтиков лосося. Будучи из интеллигентной семьи, я помнил правило, что нельзя все забирать себе в тарелку. Надо помнить и о других. Я вспомнил и все не забрал. Один, центральный кусочек, я оставил. И, положив на него половину лимона, пошел к столику в углу, игнорируя яростный взгляд женщины, стоявшей в очереди к этому же блюду.

В течении 15 минут я утолил голод и жажду, запив божественный, ни разу больше нигде такой не попадался, лосось каким-то удивительным чаем. Чай пахнул хвоей, был
слегка горьковат и оставлял ощущение свежести. За окном накрапывал дождь. Самое время идти знакомиться с
городом.

Еще никогда в жизни я не начинал знакомства с городом
с посещения церкви. И сейчас я не посетил церковь. Я
просто раз пять обошел вокруг нее, пораженный совершенно необычной архитектурой. Чем-то напоминало памятник покорителям космоса на ВДНХ. Уверен, что никто бы не выгнал, если бы зашел во внутрь. И сразу
вспомнил рассказ своего коллеги о женитьбе сына.

Сын обьявил, что женится. Невеста из семьи мормонов,
из Юты. А точнее, прямо из Salt Lake City. Родителям жениха, которые не мормоны, сразу было сказано, что во
время брачной церемонии, которая будет проходить в
Храме, они там присутствовать не могут. Что они могут?
Встретить молодых на выходе из Храма. Естественно,
мама жениха встала на дыбы. Сын женится, ждать на выходе… Когда такое было?

 Ей обьяснили, чтобы присутствовать в Храме на церемонии, она должна пройти начальный курс мормонизма, понять главные доктрины и постулаты веры, и, по-моему,
сдать какой-то тест. Это около трех месяцев (уже не
помню точно, сколько мне сказали) и только потом, пожалуйста. С дорогой душой. Так все и прошло. Папа жениха ждал молодых у выхода.

Мой коллега рассказывал мне это, а я, в свою очередь,
вспомнил, как в том же удивительно живописном штате,
остановился с женой в маленьком городке. Дежурный

администратор в мотеле вежливо осведомилась, откуда у нас такой акцент. И когда спустя четыре минуты мы зашли в свой номер, на покрывале кровати лежало две Book of Mormon. Одна на английском, другая на русском. Утром та же администратор вежливо поинтересовалась, как мне эта книга. Не будучи очень умным, я ответил: "Профессионально написанная сказка." Ответом на мою бестактность был взгляд администраторши, которым можно было заморозить ад.

Выезжая из этого городка мы притормозили у небольшого кафе с удивительной вывеской "Европейские шницели." Кафе было на четыре столика с одной официанткой, женщиной лет 50, и одним поваром, ее сыном. Мы уселись, заказали по венскому шницелю. Официантка,

-Вы из России?

-Да.

-Я немного знаю русский, учила в школе. Я из Чехии, город Млада Болеслав. Вы с женой переговаривались и я чуть-чуть поняла.

-Можете говорить на русском?

-Да нет, понимаю, если не быстро говорят. А мой сын, он повар, уже не знает.

Мы разговорились. И она рассказала, как после всяких мытарств они с сыном попали в Юту. Места красивейшие, преступности почти нет, алкоголизм не известен, помешаны на спорте. Тишина, рай земной.

-Заняла я денег в банке, открыли здесь маленькое кафе. И вскоре все стало на свои места. Где-то с месяц к нам присматривались, мол, интересуемся ли мормонизмом.

Хотим ли быть принятыми в их церковь. Но у меня другое воспитание, я в эту ахинею не верю, сын-тоже. Все. Нас для них больше не существует. Просто игнорируют. В кафе, не считая проезжающих, как вы, никто не ходит. На улице, пока первая не поздороваюсь, никогда даже не кивнут. Как-будто мы из стекла. Нет никакого насилия, никаких оскорблений. Понимаете, нас нет. Просто и эффективно.

-Ну, что, совсем никаких контактов?

-Только если очень по делу. Вежливо, холодно. Думаю, что если бы был пожар, то они бы нам помогли. Но не потому, что это мы. А потому, что это ОНИ. Благородные, духовные. Мы же, ясно кто.

-Так а как же вы выживаете?

-А никак. Заем банку выплатить не могу, клиентов в кафе очень мало. Буду продавать и куда-то переезжать. Сын - хороший повар, но инвалид, на коляске. Ну ладно, заболталась. Надеюсь шницели вам понравятся.

А здесь я стоял неподалеку от входа в это удивительное сооружение, в эту церковь', и видел, как то один, то несколько человек заходят внутрь и спустя недолгое время выходят. Как и должно быть. Если не на показуху. В архитектуре этого здания не было ни помпезности, ни доминирования, ни вычурности. Только легкость и устремленность вверх. И, как ни странно, это гармонировало с серым без туч небом, холодным ветром, мелким дождем, и почти безлюдными улицами.

Ну, не совсем уж безлюдными. К своему удивлению я заметил несколько фигур, которые ассоциируются с выражением "в усмерть ужрался." Настолько это не вязалось с общим колоритом, что я подумал, что это для туристов. Я так перестал думать, когда на пороге одного из домов увидел молодую женщину. Она сидела, прислонясь к косяку двери, смотрела в землю и что-то бормотала. Не похожа на актрису, играющую для немногих туристов. Потом я узнал, что в этой небольшой стране алкоголизм   все еще проблема.

Дождь усилился и я укрылся в музее. Музей был небольшой, посвященный какому-то местному деятелю культуры. Деваться было некуда и я начал лениво осматривать экспозиции. Моя ленивость исчезла через пару минут. Я не знаток искусства, но такого, как в этом музее, я не видел. Какая-то сумасшедшая экспрессивность при 100% реализме.   Типа росписи Грюневальдского алтаря. Более двух часов я ходил из комнаты в комнату, а когда окончился дождь, вышел в небольшой сад, где также находились работы этого мастера. Работ вообще немного, но многие хотелось украсть.

И опять, меня удивила какая-то странная связь между вечно серым небом, сильным ветром, частыми дождями, и нетипичным искусством. А, впрочем, так, наверное, в любой стране. Среда диктует искусству. Хотя во всех странах я не был.

В один из дней меня потянуло под вечер слегка пройтись. В этот день я остановился на ночлег на маленькой ферме, которая смотрелась на фоне угрюмых гор, как лошадь в магазине. Обьясняясь жестами, я получил для ночлега стоящий на заднем дворе 40-футовый грузовой контейнер. Там стояла койка с полным комплектом, столик, стулик. На столике обломок камня невиданного цвета и

поразительной формы. Явно без участия рук человека.
Это вместо вазочки с цветами.

Темнело очень быстро, К счастью, телевизора в контей-
нере не было. Семья фермера в лице их маленькой дочки
пригласила меня на ужин. Ужин был настоящий, вкусное
пряное отварное мясо и что-то вроде картошки. И много
полезной пищи, в виде зеленого салата.   А на десерт- до-
машний пирог.

Перед сном я решил растрясти калории и пошел по дороге, не освещаемой ни единым фонарем. Было темно, но
не совсем, а как-будто за горами что-то светилось, а сюда
доходили только отблески. Пейзажа не было. Темные гро-
мады не то гор, не то туч. Это все. И ни огонька, не счи-
тая тусклых огней маленькой фермы, откуда я недавно
вышел.

  Как они здесь живут? Цивилизация совсем не рядом.
Но вся семья выглядела спокойной, веселой в меру, и не-
привычно уверенной. Не пессимистичной, типа "Та, один
черт. Без разницы." И не наигранно бесшабашной. Это
был исчезающий тип людей, верящих в свои силы и рас-
считывающих только на себя.

Гудел ветер, было холодно и очень просторно. Я уже
собрался повернуть к дому, когда впереди увидел неяс-
ные очертания чего-то двигающегося. Вскоре две девочки
и один мальчик возникли из темноты. Мальчику было
лет 12. Одна девочка чуть старше, другой-лет восемь. При
виде меня они слегка притормозили, маленькая что-спро-
сила на местном языке у старшей. Старшая выступила
немного вперед, приветливо улыбнулась и спросила,

-Вы заблудились?

Весь дальнейший разговор на английском.

-Нет, просто прогуляться вышел.

Мальчик что-то сказал на местном, они засмеялись и старшая мне.

-Брат говорит, что от столицы Вы далековато пешком зашли.

-Да нет, я тут на ферме неподалеку.

-Знаю, это наши соседи.

Тут уже я удивился,

-Соседи? Так там вокруг ничего нет.

Мальчик взял инициативу у сестры,

-Так то Вы вдоль смотрели. А надо вверх.

-Вы чего, на облаке живете?

Рассмеялись все.

-Нет, мы на склоне той горы, что прямо над Вашей фер-
мой.

Хоть убей, но не могу припомнить никаких огней на
склоне. Какая разница?

-Ну, ладно, пойдем по дороге назад вместе. Не против?

Дети как-то замялись, а потом старшая сказала, так серьезно, по-взрослому,

-Хорошо, мы Вас проводим.

Какое-то время мы шли молча. Потом меня спросили,
откуда я. На ответ никак не отреагировали. Опять идем

молча. Маленькая девочка что-то сказала старшей. Та перевела,

- А у Вас есть голубенькое мороженое?

По-английски "голубой" и "голубенький" произносится
одинаково. Но, мне кажется, что малышка спросила
именно про голубенькое мороженое. Типа, не "алый," но
"аленький" цветочек. Я уже хотел ответить, что "… У нас
в Греции все есть…", но сразу передумал. Этот убий-
ственный, хотя во многом справедливый, стереотип, что
у нас в Америке все есть, воспринимается с гордостью
только американцами. Это утверждение обычно переводит разговор на другие темы.

-Нет. Есть полосатое, есть в точечках, есть в бабочках.
Есть одно даже в динозавриках. Голубенького нет. А
знаешь почему у нас нет голубенького?

Три головы повернулись в мою сторону.

-потому что, голубенькое мороженое может быть только
там, где живут водяные. Знаешь, кто такие водяные?

Ответил мальчик,

-Ну, те , кто живут в воде. Так что, в Америке нет воды?

--Вода есть. Водяных не осталось. Шума много. Хотя может быть где-то в лесных озерах и есть. Я не встречал.

-А вот мы как-раз и шли к …,

Сестра что-то быстро сказала мальчику и он умолк.
Снова идем молча.

-Ну ты в школу ходишь?

Это я обратился к старшей девочке.

-Да, в пятый класс. А он-в третий.

-А школа далеко/

-Да не очень. Автобус в понедельник забирает, а в суб-
боту привозит. Это интернат.

-А-а.

Я не смог сдержаться и задал ей второй по глупости вопрос, который задают все взрослые и который так осто-
чертел детям всего мира,

-Ну и кем бы ты хотела стать, когда вырастешь?

Девочка не успела открыть рот, как ее брат,

-Международной стюардессой. А я хочу врачом. Хирур-
гом. Лечить лыжников.

Старшая что-то на местном сказала младшей и они обе за-
хихикали. Даже почти в темноте было видно, как их брат
от обиды надул губы.

-Ну, врачом это здорово. И где же ты хочешь учиться?

Его ответ я точно не ожидал.

-Хочу в Стэнфордском университете. Так хорошо учат.
Мне бабушка говорила.

Теперь уже замолк я. На темной дороге, среди гор, пацан
лет 12 на не родном языке говорит, что хочет в Стэнфорд
на врача. Ничего подходящего мне в голову не лезло и
поэтому я спросил,

-А как с оценками, хорошие?

-Обычные. Зато могу говорить на четырех языках.

-На четырех?

-Ну да. На своем, немецком, английском.

-Это три.

Мальчик замялся, сестра помогла,

-Ему нравится японский. Он японские мультики любит.

Впереди показались освещенные окна фермы.

-Ну, все, довели, спасибо. Личное спасибо вам-международной стюардессе, вам-хирургу из Стэнфорда и вам-принцессе, которая любит голубенькое мороженое. И куда вы сейчас, домой?

-Нет, мы идем к…,

опять начал мальчик, оглянулся на сестру, та кивнула,

-…ручью, там, слева, на склоне. У нее,-он показал пальцем на младшую, - завтра день рождения, и мама говорит, что накануне надо загадывать желания у ручья. И тогда получится.

Включилась старшая,

-Обычно в одиночку идут. Но она такая трусиха, что мама нас послала с ней. Ничего, она по-английски не понимает.

Я глянул вперед, потом налево и вверх, куда показал мальчик и стал полностью солидарен с его младшей сестрой. В этот клубящийся, слегка с подсветами мрак я бы не пошел, даже если бы в том ручье продлевали жизнь. Я достал из кармана компас,

-Это Вам, принцесса, в день рождения от незнакомца.

Старшая девочка перевела. Младшая осторожно взяла
компас, потом совершенно неожиданно для меня сделала маленький книксен и спряталась за сестру.

-Спасибо.

--Пока.

А еще через день, сидя в маленьком аэропорту в ожидании
рейса, я спросил у себя, а как бы я мог охарактеризовать
эти несколько дней в небольшой, прохладной и дождли-
вой стране, где почти всегда ветрено. Охарактеризовать
одним словом. И сразу возникло слово, которое я и поставил в название этого рассказа.

Беспомощность

Право любого начальника вызывать к себе подчиненного незыблемо. Что бы было, если бы Иисус Навин вызвал к себе одного из воинов, а тот бы ответил,

-Ой, мне бы твои заботы!

Ну, мы знаем, что бы было. Поэтому, когда в конце рабочего дня меня будит телефонный звонок менеджера, я отвечаю,

-Сию минуту, сэр.

И в течении минуты я в его офисе. Он моложавый, подтянутый, очень деловой, толковый. Весь набор. И в дополнении ко всему этому, весьма религиозен. У него рядом с монитором лежат четыре библии: пресвитерианская, лютеранская, кальвинистская, и самая главная-католическая. Сам мне демонстрировал. Да еще чуть в стороне лежат стопкой различные толкования различных авторов одного и того же тезиса.

В течении дня он очень занят. Совещания, конференц-разговоры, решение инженерных вопросов. А в конце дня он, по крайней мере дважды в неделю, вызывает меня по поводу проделанной работы. Вернее, недоделанной работы. Я отчитываюсь, скорее отбрехиваюсь. Какие-то вопросы он помогает мне решить на месте, подсказывая как, куда, и где.

А потом наступает его звездный час. Кто-то сообщил ему еще давно, что я из Империи Зла. Это по президенту Рейгану. А значит атеист, безбожник, неверный, непросветленный. Значит, его долг-вернуть заблудшую овцу (барана, чего уж там) в стадо.

Конечно, никто меня не собирается насильно обращать в истинную веру. Мне просто хотят продемонстрировать, насколько легче жить, учиться, и работать, как завещал Он. Он, в зависимости от предпочтения, или Будда, или Ленин, или Заратустра, или Мухаммед, или Христос. Или еще, как минимум, 200 Учителей и Наставников. Мой менеджер хотел бы наставить меня на путь Христа.

Это происходит очень ненавязчиво и дружелюбно. Католическая библия, в отличии от остальных, находится в специальном кожаном переплете, с шикарной застежкой и красной шелковой закладкой. Босс бережно берет ее в руки и, обращаясь ко мне,

-Тебе знакома Библия?

-Ну, я знаю, что это. Проглянул. Это все.

В разговоре с людьми бережно, как новорожденного, держащих библию, не стоит шутить или играть в слова.

-Это самая главная, самая важная, и самая древняя книга на Земле.

У меня страшно чешется язык опровергнуть все три постулата, но я вспоминаю, что пересмотр зарплат через два месяца. Чесотка проходит.

-Ты хотел что-то сказать? Не стесняйся, говори. Это не собрание отдела.

-Ну, я думаю, что вряд ли бы переиздавали и переводили на все языки мира книгу, которая ничего не представляет.

Он улыбнулся, значит ответ правильный.

-Ну, а почему ты думаешь, эта книга так важна?

Я напрягся. Вопрос непростой.

-Не знаю, но думаю, что люди пытаются найти в ней ответы на вопросы, которые их волнуют.

Он улыбнулся, значит ответ правильный.

-Ты не думай, что я тебя агитирую, -а это то, что я и думал, -я просто хотел бы тебе показать, что 2000 лет люди не будут просто так слепо следовать непонятной доктрине.

Я считал, что так и происходит. Что слепо следуют. Но я промолчал, что было воспринято, как правильный ответ. Мы еще поговорили минут 10 и мирно разошлись, обменявшись на прощание парой шуток.

В какой-то степени мне было интересно, а какие же доводы он будет приводить. К сожалению, доводы были типа, так должно быть, ибо иначе просто быть не может. Но все это было ненавязчиво и как-бы между прочим. А потом последовали события, которые на долгое время прекратили этот дружеский агитпроп.

К нам в отдел пришла работать молодая женщина. Китаянка. На вопрос где она работала раньше, она на чистейшем английском ответила,

-Я работала для китайского правительства.

При этом очень мило улыбнулась. Потом мы узнали, что она с мужем жили и работали в городе Циндао, а потом переехали сюда. Она была толковая, схватывала быстро, но как инженер-не знаю. Была амбициозная и мало скрывала это. Ее офис был вдоль по коридору от моего. Особенно мы не общались. Моему боссу понравилась ее деловитость и энергичность и он часто останавливался в дверях ее офиса, чтобы перекинуться комментариями на злобу дня или работы. Рядом были офисы других сотрудников и все было слышно и ничего не сметалось под ковер.

Как и любой переехавший в эту страну из главной страны социалистического лагеря, я инстинктивно сторонился отдела кадров. Поэтому был неприятно удивлен, когда в один из дней был вызван к начальнику этого отдела. За все годы работы я его не видел ни разу.

Он спокойно и по-деловому сразу, без предисловий, перешел к сути,

-Как Вы считаете, у Вас в отделе нормальная рабочая обстановка?

-Ну, да.

Мне хотелось задать естественный вопрос, а в чем дело, но я с трудом воздержался.

-Как далеко Ваш офис от кабинета менеджера?

-Шесть дверей и один пожарный выход. Все по левой стороне.

-Другими словами, Вы не слышите разговоров Вашего менеджера?

Я, абсолютно не понимая, к чему все это,

-Нет.

Перед ним лежал лист бумаги, на котором он делал пометки. И совершенно неожиданно,

-А какое Ваше мнение о Шоне Эплтоне?

Шон работал в нашем отделе несколько лет. Хороший инженер. Мы с ним на пару сделали несколько инженерных разработок, которые были одобрены нашим требовательным босом. Мы часто вместе шли к парковке после работы или во время ланча обменивались историями и анекдотами. Узнав, что я оттуда, по ту сторону от Добра, он рассказал мне удивительную историю про свой, недавно купленный дом. Мол, все это из-за нас, русских.

Дом был обычный, но Шон после покупки решил слегка расширить цветочные грядки. Начал копать и наткнулся на металлическую дверь. Это оказалось настоящее бомбоубежище, которые многие в этой стране строили в период с начала 50-х годов прошлого столетия по конец 80-х. Убежище было где-то метра три под землей.

 Оно имело вентиляцию, фильтрацию, большой запас бутылочной воды 1956 года, рулонов 8 туалетной бумаги. Там также были свечи, спички, галеты, кусковый шоколад, пару дюжин батареек, радио с маленьким генератором с ручным приводом, штук шесть газет, почему-то из Денвера, и еще куча самых разных мелких и не очень предметов. И, конечно, три лежанки, два матраса и один спальный мешок. Вот такой клад.

Шон сфотографировал это все и весь отдел потом с любопытством это все рассматривал. На мой вопрос,

-И что же ты будешь с этим делать?

он скупо ответил,

-Модернизирую.

Вообщем, с Шоном у меня были совершенно нормальные отношения. Поэтому я ответил вопросом на вопрос,

-А почему это Вас интересует?

Отдел кадров улыбнулся и спокойно ответил,

-Просто хотел узнать Ваше мнение о нем.

-Хороший инженер. Никаких проблем у меня с ним.

Начальник отдела кадров, как настоящий профессионал, зацепился за последние слова,

-А у других есть проблемы с мистером Эплтоном?

-Я не видел. Лучше спросите у других.

-Мы это сделаем. А сейчас, посмотрите пожалуйста, я правильно записал Ваше мнение о мистере Эплтоне?

Он подал мне лист бумаги, на котором ранее делал пометки. Там было две колонки. В левой фамилия. В правой- какой-то текст. В лист было внесено уже фамилий восемь. Моя фамилия стояла сверху. Напротив было написано, что я считаю мистера Эплтона хорошим инженером и не считаю его конфликтной персоной. Все.

-Ну, да, Вы записали правильно.

-Спасибо. Вы можете быть свободны. О нашем разговоре Вы не должны никому говорить, пока не закончится расследование.

-Расследование? Шона Эплтона?

-Есть некоторые моменты относительно него, которые мы бы хотели прояснить. Вы же понимаете, в какой отрасли мы работаем.

Прошло пару недель. В один из дней я немного задержался. Уже был готов уходить, когда вошел Шон.

-А, Шон, ну я уже сворачиваюсь. А ты чего задержался? Нагоняешь аппетит перед ужином?

Его ответ практически посадил меня обратно в кресло,

-От кого угодно, но от тебя не ожидал. Ты же просто сволочь. Тварь самая настоящая. Любая долларовая шлюха выше тебя. Одно не пойму, что тебе за это обещали?

Руки у него дрожали. Губы у него дрожали. Было впечатление, что или он расплачется, или просто размозжит меня о стенку. Шон под шесть футов ростом и лет восемь играл в хоккей. Я просто не знал, что сказать. То, что это была не шутка или розыгрыш-так не шутят.

-Шон, подожди, ты что, недоспал? Или ты еще…

-Та пошел ты знаешь куда со своими шуточками, кагэбист вонючий!

Это уже было серьезно. За десятилетия здесь в этом меня не обвиняли.

-Шон, перестань плеваться. В чем дело? Понятия не имею, о чем ты?

Он резко наклонился ко мне и я подумал, что увернуться не успею. Он не ударил, а вдруг тихо произнес,

-Узнаешь?

и положил передо мной отпечатанный на принтере лист. Лист был разделен на две колонки. В первой колонке были вписаны фамилии. Во второй-краткий текст. Первая фамилия была моя. Текст напротив читался так (воспроизвожу по памяти), "Низкая квалификация, эмоционально неустойчив, не способен наладить нормальные рабочие контакты, у сослуживцев не пользуется авторитетом, много тратит времени на телефонные звонки не по работе, не укладывается в рабочий график, постоянно пререкается с менеджером."

Я успокоился. Повернулся к Шону,

-Ты что, совсем идиотом стал? Это же характеристика, которую только менеджеры могут дать, такую подробную. Я что, уже менеджер? Не знал. Кто мою фамилию туда поставил-понятия не имею.

-Тебя вызывали в отдел кадров?

-Вызывали. Да, а кстати, откуда у тебя этот лист? Знакомая секретарша?

-Заткнись и не лезь.

-Чего, серьезно? Ведешь себя, как беременная истеричка, кидаешься долларовыми шлюхами. Ты запомнил, что мне наговорил?

Он отвернулся, отошел к окну.

-Да, меня вызывали. Спросили мнение о тебе. Я сказал, что хороший инженер и нет проблем Это все. Мне показали мои слова. Так и было записано.

Шон, не поворачиваясь, стоял у окна. Потом,

-Ладно, извини. Твоя фамилия и такой текст. Просто убило. Но я знаю, откуда эти ноги.

-Просвети дурака.

Он повернулся ко мне. Лицо спокойное,

-Уже идешь домой? По дороге поговорим.

Он мне рассказал, что ему осточертели постоянные светские разговоры нашего босса с китаянкой. Шоиа офис был через стенку. Он высказал свое мнение в послании в отдел кадров. И на его послание отдел кадров отреагировал вот таким странным образом.

И он и я понимали, хотя об этом не говорили, что так дело не останется. И не ошиблись. Где-то через неделю, в самом начале рабочего дня Шон зашел в мой офис и без обиняков,

-Меня уволили. Сейчас придет охранник, чтобы отвести меня к моей машине. Поможешь мне мою коробку со шмотками донести до парковки? Я жене позвонил, подберет минут через 20. .Пока доберется. Машина у нас одна.

Увольнение прошло быстро и четко. Я помог Шону донести коробку с его вещами до парковки и мы вместе подождали, пока его жена не приехала.

Больше месяца я не мог смотреть на своего босса. Старался избегать любого общения. Это было заметно. Под конец месяца он вызвал меня в кабинет,

-Ты расстроен из-за увольнения Шона?

-Да. Не понимаю, почему.

-Я знаю, что вы работали вместе неплохо. Я не могу тебе сказать причину. Скажу только, что это было нелегкое, но правильное решение. Еще раз, не могу называть причину.

-Неужели все было так погано, что хорошего инженера вот так, запросто…

-Не запросто. Это было правильное решение. Просто поверь мне на слово.

И я подумал, что все то, что он так бережно держит в руках, когда пытается меня обратить, построено вот на этой концепции, “…поверь мне на слово.”

Конечно, я промолчал, так как пересмотр зарплаты должен был быть через три дня.

Предел

Я заметил их издалека. Они остановились там, где никто
не останавливался. Они не спрятались в тень, поскольку
тени не было на 5 миль вокруг. Одна фигура сидела на
груде песка и колючек, что тянулась вдоль и, вообщем-
то, называлась бы обочина. Это если бы это была дорога.
А это была тропа, выход из каньона, по которой ходили,
бегали, мотались на велосипедах. Другая фигура стояла
рядом. Было не жарко, было очень жарко. Конец августа,
ни ветерка, и ни облачка. Где-то около двух часов дня.

Мой двухчасовый забег, который было бы правильнее
назвать само-садизмом, должен был бы завершиться где-
то через пол-мили. Увидев эти две фигуры впереди, я понял, что просто так на раскаленном песке с колючками
не сидят.   И, конечно, это не созерцание пейзажа. Пейзаж -это невысокие, уходящие вдаль холмы, покрытые
кактусами и травой, из которой легко делать колючую про-
волоку. Тропа поднимается из неглубокого, но безрадост-
ного каньона, который петляет и тянется куда-то далеко.

Я был иссушен и измотан. Сцена, которой я стал свиде-
телем где-то около часа назад, не выходила из головы.
Это произошло на тропе, которая, видимо не случайно,
носит название " Думаю, что смогу." Тропа идет вгору, с
десятком поворотов. Я уже пробежал большую часть, когда меня обогнала большая группа на горных велосипедах. Они явно были в отличной форме, так как на подь-
еме они продолжали весело переговариваться. Человек
12, из которых как минимум пятеро были молодые женщины.

В этом каньоне такие группы не редкость. Как, впрочем, и одиночки. Совсем не удивляет встретить девочку лет 17, бегущую где-то за час до заката солнца и не в сторону парковки а туда, где уже начинают сгущаться тени. Иногда встречаются , скажем так, экзотические группы. Ну, а как еще назвать строй из десятка фигур в хиджабах до земли медленно и уверенно двигающихся вверх. Да, и впереди один небритый мужчина и сзади один. Типа, охрана. При виде меня, бегущего без майки, в беговых шортах вся колона в хиджабах, как по команде, повернули головы в противоположную сторону. Дабы не осквернять чистоту помыслов моим блестящим от пота торсом. Но такие бывали нечасто.

Группа на горных велосипедах легко обогнала меня и вскоре исчезла за очередным поворотом. Честно говоря, я не ожидал их еще раз увидеть наверху, так как обычно они гонят с ветерком по более пологому участку. Но в тот момент вся группа столпилась на самой высокой точке тропы. Я почувствовал, что-то произошло. А когда я услыхал сдавленные рыдания, мне, несмотря на августовский жар, стало зябко. Один из велосипедистов лежал прямо на земле. Велосипед из-под него еще не успели убрать. На коленях около него стояла молодая женщина и пыталась делать ему искусственное дыхание. Другая, склонившись на руль своего велосипеда, негромко плакала. Все остальные говорили в свои телефоны. У лежащего было какое-то мучнисто-белое лицо. Не похоже было, что он дышал.

-Сердце?

обратился я к ближайшему велосипедисту. Вопрос был идиотским. А что еще могло бы так швырнуть молодого мужчину на землю? Понос? Парень оторвался от своего телефона,

-Похоже. Черт знает, что. Никогда не жаловался. Просто не могу поверить.

-Вы знаете, у меня с собой есть таблетки нитроглицерина. Так, на случай. Может, попробуете?

-У вас есть?

Обращаясь к одной из девушек,

-Линда, вот у него есть нитро, может попробуем?

Линда, которая делала искусственное дыхание, помотала головой,

-Нет, сейчас нельзя, он рот не контролирует, может подавиться. Спасибо, но сейчас должны подьехать уже.

Стоять и глазеть, когда помочь не можешгь, это последнее дело. Я уже собирался продолжить бег, когда прямо, как ниоткуда, над нами возник вертолет. А вверх по этой чертовой тропе уже спешила машина с рейнджерами. Я увидел, как почти на ходу из машины выскочили двое парней. Один тащил чемодан красного цвета. Я понял, что это дефибрилятор. Вертолет завис над этой группой. Где-то внизу пару раз вякнула полицейская сирена.

Я вспомнил совершенно неестественное, мучнисто-белое лицо парня лежащего на земле и почувствовал, что для него это уже все. Почему-то в голове осталась только одна мысль, что я старше этого парня раза в два. Бодрости это не прибавляло. Потом появилась еще одна мысль, что до моей машины еще час бега и похолодания в ближайшие пять месяцев не ожидается. Воды оставалось на донышке. Я уменьшил длину шага и скорость и впал в известное всем бегунам на длинные дистанции состояние "зомби," когда не вникаешь в пейзаж а просто механически ставишь одну ногу впереди другой.

Вот в таком благословенном состоянии, когда как-то отключаешься и от жары, и от натирающей кроссовки, и от периодически возникающих мышечных спазмов-нехватка калия и магния, которые ушли с потом- я почти добежал до своей машины. И тут возникли эти две фигуры на обочине.

Вскоре я увидел, что это две девушки. Молча пробежать мимо в такой ситуации нельзя,

-Вы в порядке?

прекрасно понимая, что нет. Одна сидит с каким-то отрешенным видом. Вторая стоит рядом, вид растерянный.

-Да не совсем.

-Так парковка вон уже, на вершине холма. Где-то полмили и вы дома.

Стоящая девушка бросила взгляд на свою довольно рыхлую и полную подругу,

-Она не может идти.

-С ногами что-то?

-Да нет, думаю , что перегрев.

И тут я заметил, что бутылки с водой отсутствуют.

-А где ваша вода? Жара-то страшная.

-А мы решили, что это лишний груз. Мы напились водой перед выходом. Под горло.

-Ну и сколько вы идете уже?

Ее ответ меня испугал.

-Часа три с половиной.

Я не врач, но глядя на сидящую девушку я понял, что два летальных случая в один день-это много даже для кино.

-Как ее зовут?

-Валери.

-Валери, вы меня слышите? Говорить можете?

-Да.

-Вот у меня немного воды. Ничего, берите. Я уже почти дома.

Я ей дал свою бутылку, на дне которой еще что-то плескалось. Она взяла бутылку и, прежде чем я успел сказать ей самое важное, одним вздохом осушила несчастный осадок на дне. А я ей хотел сказать, что надо подержать во рту, не глотать все сразу.

-Вы рейнджерам звонили?

-Да, сказали будут быстро, как только смогут. У них там вроде еще какая-то ситуация.

Я промолчал, так как видел ту ситуацию.

-Ну, как, Валери, немного легче? К сожалению, больше воды нет.

Она улыбнулась,

-Спасибо, полегче.

-Есть чем прикрыться от солнца? Кроме кепки?

-Да нет, это все.

Я повернулся к ее подружке,

-Я побегу к машине своей. Если рейнджеров увижу-
направлю точно к вам. Если нет, может кто на парковке
с водой, тогда вам принесут. Тут недалеко. Пусть уже не
поднимается. Помашите ей чем-то перед лицом. Как вете-
рок. Лучше, чем ничего.

-Спасибо.

-Да за что? Сам в таком был. С водой не играйтесь больше.

-Все, Валери, я исчезаю, иду за помощью. Держишься?

Она улыбнулась,

Я ОК.

Я уже взбегал на холм, когда увидел, что навстречу едет
белый пикап рейнджеров. Я им махнул рукой в направле-
нии девчонок. Один из них кивнул головой и машина
умчалась вниз. С вершины холма я увидел, как одна маленькая фигурка, которую поддерживает вторая, медленно пошла к машине.

А через неделю, забежав наверх тропы "Думаю, что
смогу" я увидел маленький, вырезанный из железного ли-
ста велосипед. Он стоял там, где упал на землю молодой
парень на настоящем велосипеде. Рядом лежали малень-
кие букетики цветов, пару открыток и, почему-то,

плюшевый медвежонок. Не хотелось мне думать, что плюшевого медвежонка положил ребенок.

Процесс

Еще не раскрывая конверт, я уже знал его содержимое. Призыв к исполнению своих гражданских обязанностей, посидеть членом жюри в районном суде. Ни один из пунктов, которые позволяли бы мне избежать этого, ко мне не подходил. Один только раз мне удалось открутиться. Это было несколько лет назад. Когда проходил начальный отбор в зале суда и меня спросили,

-У Вас есть уважительные причины, по которым Вы не можете выполнять обязанности члена жюри?

Я ответил,

-Да, Ваша честь.

-Я Вас слушаю.

Указывая на прокурора, совершенно очаровательную девушку лет 28, которая прекрасно смотрелась в темном деловом костюме, я сказал,

-Ваша честь, это из-за прокурора. Она мне очень нравится. Я не смогу обьективно рассматривать данный судебный случай. Все, что она не скажет-я заранее согласен. Обвиняемый виновен. Кто спорит?

Смеялся весь зал. Прокурор покраснела, улыбнулась, и уткнулась в бумаги. Даже обвиняемый хмыкнул. Судья усмехнулся и потом,

-Да, за 23 года такого еще не слыхал. Оригинально, молодой человек. Можете быть свободны.

Больше мне так уже не везло. Пришлось пару раз побывать на этих юридических посиделках в качестве члена жюри. И вот опять. Из почти 100 кандидатов я оказался в числе достойнейших.

Нас привели в зал, где уже находились судья, прокурор, обвиняемая, и ее адвокат. С моей точки зрения, дело было пустяковое. Судя по сонному выражению лиц остальных членов жюри, они чувствовали то же самое.

Обвиняемой была загорелая, подтянутая девица лет 30, в короткой юбке, но с опущенными долу глазами. Обвинялась в неподчинении полиции. А конкретно, дело вообще не стоило выеденного яйца. На хайвэе ее машина слегка виляла из стороны в сторону, но разделительных линий не пересекала. Бдительный гражданин, который ехал следом, позвонил в полицию, мол, опасность на дорогах. Да, и все это происходило где-то месяцев пять тому.

Вызвали свидетеля, этого бдительного гражданина. Оказался лысеющим брюнетом с мясистыми губами и носом-пуговкой.

-Ваша профессия?

-Я-президент компании по конструированию и производству устройств по защите слухового аппарата.

Вот так, не меньше. А почему просто не сказать, что в гараже делаю затычки для ушей. Помогают теща и шурин.

-Вы позвонили в полицию прямо из машины?

-Да, Ваша честь. Я посчитал, что едущая впереди машина представляет опасность для окружающих.

При эти словах, обвиняемая внимательно посмотрела на свидетеля, и снова опустила голову. Ее адвокат делал какие-то пометки. Жюри скучало. Ни крови, ни адюльтера, ни НЛО, ни брак 12-ти летней девочки с 43-летним тренером по плаванию, ничего, о чем можно было бы после суда рассказывать.

А свидетель, все еще пылая праведным гневом, рассказал, как ехал днем на не забитом хайвее, Впереди машина виляла. Не сильно, так, чуть-чуть. Типа, водитель слегка сонный.

-Машина впереди пересекла хотя бы раз разделительную линию?

-Нет.

-Вам раньше не приходилось встречать машины, которые слегка виляют на дороге?

-Приходилось.

А вот тут мне впервые стало интересно. Я понял, куда ведут вопросы.

-А почему, свидетель, вы выделили эту машину?

И сразу же второй вопрос, который я бы задал самым первым,

-Вы знакомы с обвиняемой?

Даже за 15 шагов я услыхал, как свидетель проглотил слюну,

-Да. Одно время мы встречались.

-Вы узнали ее уникальную машину? У нее,-пауза, взгляд в бумаги, -Honda Civic. Итак, вы знали, что впереди вас едет ваша знакомая?

-Да.

-Свидетель, уточните , пожалуйста, почему вы были уверены, что это машина вашей знакомой. И ведет ее ваша знакомая?

Пауза.

-Мой вопрос непонятен? Мне его переформулировать?

-Я видел, как оиа, обвиняемая, садилась в машину на парковке яхт-клуба.

-Вы состоите членом этого яхт -клуба?

-Нет.

-И это, судя по полицейскому рапорту, был обычный рабочий день. Где-то около 2 часов дня. Ваша компания находится рядом с этим яхт-клубом?

-Нет.

Еще после нескольких вопросов праведного свидетеля отпустили. Обвиняемая снова подняла голову, внимательно посмотрела на свидетеля, и снова уставилась в стол.

Жюри оживилось. Тривиальность кончилась. Появилась таинственность в виде романтичных отношений, наверное, ревности, озлобления, желания мести,- наконец-то в этом деле появился кислород.

Потом вызвали полицейского, который се тормознул. Поскольку дело произошло почти пять месяцев тому назад, полицейский не отрывался от блокнота.

По его данным, обвиняемая не сразу вывела машину на обочину после полицейского сигнала. Долго искала права, выйдя из машины, оперлась на нее рукой для равновесия, глаза были красные. Запах алкоголя отсутствовал. Обьяснила, что была с друзьями на яхте, выпила два бокала белого вина часа два тому. Глаза красные, потому что по радио в машине услыхала, что умерла от рака любимая певица.

В нашем жюри было семеро женщин. Я видел, как слушая ее, некоторые поджимали губы. Не похоже, что ее рассказ вызывал у них понимание. Рабочий день, а она на яхте глушит вино. А тут не знаешь, когда присесть и в какую сторону раньше повернуться. Мне почему-то вспомнился рассказ "Присяжный," Карела Чапека.

Обвиняемой предложили пройти тест на алкоголь и она отказалась. Дело ясное. Да, и, кстати, видеокамера в полицейской машине не работала, так что записи нет.

Мы все ожидали, что адвокат ее просто повторит то, что уже известно и апеллирует к милосердию и человеколюбие. Мы все ошиблись.

Адвокат начал с того, что камера в полицейской машине работала. Запись есть. И там все не так, как говорили оба свидетеля. А теперь, пусть жюри разбирается. Это была пятница, вечером предстояла встреча гигантов баскетбола. Другими словами, был стимул работать очень эффективно. Мы так и поступили.

Эту видеозапись мы просмотрели раз 10. Там было видно, что машина обвиняемой выехала на обочину сразу же, как и было приказано. Что ни кто не рылся в поисках водительских прав, а сразу подал их через окно. Что выйдя из машины загорелая девушка 30 лет сложила руки на груди и на машину для равновесия не отпиралась. Дальше, вообще, стало интересно.

Она на хороших каблуках. Машина на обочине. Обочина покрыта гравием. Ей говорят пройти 10 шагов туда и обратно. Она снимает туфли и босиком идет сначала туда, потом, слегка покачнувшись, поворачивается и идет обратно. Начинается дискуссия с полицией, мол, чего покачнулась. Ее утверждение, что она босиком и наступила на острый камень не воспринимается. Давай, говори алфавит с конца. Дошла до буквы Т, замешкалась (я бы и до Х не дошел).

Все ясно. Дыши в трубку. Дышит. Мало дышишь, ничего не показывает. Все, поехали в участок, будешь сдавать кровь и мочу. А заодно и в прибор будешь дышать. Поехали, кто бы спорил. А там не оказалось женщины-полицейской, которая должна присутствовать, при сдаче анализа мочи. Есть в тюрьме. Поехали. Не поеду. Все ясно, один из нужных тестов проходить не хочешь. Вот и вся история.

А теперь начинается кино.

Жюри все обсудило, все посмотрело, даже что-то на доске рисовало. В результате-одиннадцать за то, что виновна. Один-против. Ну, как говорится “...А Баба-Яга-против!...” Это я. Нет смысла приводить мои доводы. Они в двух фразах, “Все это не повод лишать человека прав на вождение на полгода, как минимум. И, заодно, она потеряет работу."

Меня убеждали сначала по-хорошему. Потом один из жюри поинтересовался, а есть ли у меня американское гражданство. Я сказал одним параграфом, без запятых, кто он. Но, оказывается, забылся, и в запальчивости произнес это по-русски. Слова были непонятны, но музыка дошла. Нас развел по углам председатель жюри.

-Вообщем, так, поскольку мы вас переубедить не смогли, консенсуса мы не достигли. Вы не хотите присоединиться к большинству?

-Нет.

-Ваше право. Тогда, -он вздохнул, -придется делать retrial.

И тут в полной мере проявилась моя языковая безграмотность. Я считал, что retrial -это через какое-то время, в том же составе, соберемся и будем опять пережевывать те же самые факты. И может быть, уже тогда я согла- шусь с большинством. Мало того, что я так думал. Я так и сказал,

-Ну какой же в этом смысл? Все те же и то же. Мы уже это пережевали столько раз. Факты те же самые. Ничего нового. И опять будет такой же результат. Короче, хотя я против, но, так как вас большинство-так и будет.

И ни один из одиннадцати меня не остановил, не обьяс- нил, не сказал, что я не понимаю сути повторного суда. Ведь уже было пол-пятого. И сегодня вечером играли ги- ганты баскетбола.

Как и полагается, судья спросил каждого лично. Ответ единогласен-Виновна.

Давно я не чувствовал себя так вшиво. Конечно, эта обвиняемая понятия не имела кто и как голосовал. Я не мог на нее поднять глаз. Но уже все, поезд ушел.

На парковке у здания суда меня поджидало двое из жюри. Они сказали, что их впечатлила моя борьба за справедливость, но вот они не поняли, а какого же черта я был против retrial. И в 10 минут они мне все обьяснили. Уже после суда.

Я знал, что жизнь зависит от многих субьективных факторов. Но чтобы настолько-узнал только сегодня.

Поездка

Посвящается Ю.В и В.О

***Это не документ а память, чем выгодно
и отличается.***

Я был выслан вперед, так как я уже там был. Инструкции были устные и содержали эмоциональные, то есть непечатные, выражения. Инструкторами были два моих друга,

-Значит, так, едешь н Мисхор, находишь место для жилья, звонишь нам, мы приезжаем. Две недели отдых у моря. Вопросы?

это один из двух, деловой, высокий, белокурый.

-Ты ему обьясни, что ему надо в Мисхор. Не в Минусинск. Да и уточни, что Мисхор в Крыму. Там море.   И что жилье не на него одного, а на всех нас. И чтобы еда была неподалеку. И что мы не паломники и не спим стоя. Почему так говорю? Только глянь на его выражение лица. Ворон на распутье.

А это уже другой, шатен и высокий, с сильно выраженным но глубоко спрятанным романтическим уклоном.

Это было еще в те времена, когда мы понятия не имели, что такое Медикэйр. Когда в продаже были долгоиграющие пластинки. И когда за обувью на каждый день ездили в столицу нашей родины. Под видом командировок, естественно. А, ну да, и для поездки в Крым не требовалось проходить фэйс-контроль и знать слова гимна титульной нации.

В Мисхоре я был год назад. Рассказывая о своих впечатлениях, я освежал сухое повествование такими красочными деталями, почерпнутыми из пребывания Поля Гогена на Таити, что если бы не ноябрь, то выехали бы в Мисхор с утра.

Путь в Мисхор лежал через вокзал. Точнее, через билетную кассу. Ни один нормальный человек не обращался в билетную кассу на вокзале. Шли в кассу предварительной продажи билетов. Это, вроде бы, за 30 дней минимум до отьезда. И только идиот верил в это. В этой кассе брали билеты куда угодно и на когда угодно. Но и в эту кассу я не пошел просто так, так как только идиот пойдет в такую кассу без блата.

Компьютеры еще не изобрели, телефоны были далеко не у всех, знакомых в обкоме партии не было. Не было их и среди мясников и продавщиц овощных магазинов (по мотивам фильма "Блондинка за углом.") Но в нашей пятиэтажке, прямо под нашей квартирой жил паренек, девятиклассник, мама которого работала кассиршей в кассах предварительной продажи билетов. У мамы уже была другая семья, жила она в другом районе, но в кассе работала по-прежнему.

Я не стал утруждать соседа-девятиклассника своими проблемами и пошел в кассы напрямую. Достоявшись до окошка я,

-Здравствуйте, Полина Марковна. Я – друг Сережи и мне нужен билет до Симферополя на завтра.

Полина Марковна устало подняла глаза, потом на ее гу-
бах промелькнула слабая улыбка,

-Понятия не имела, что Сережка такой популярный. Ты
сегодня уже шестой. Билет только в общий. Ночь ехать,
не прокиснешь. А плацкартные -только на сентябрь. Бе-
решь?

-Спасибо. Серега под нами живет, на первом этаже.

-Знаю. Я там жила тоже. До прошлого года.

Русская интеллигенция 19 века ввела в употребление термин " хождение в народ." Эти хождения были так же да-
леки от народа, как и декабристы, . Ночь, проведенная в
общем вагоне в конце июля-вот настоящее приобщение к
народу. Физическое, так как сидишь почти в обнимку
даже на верхней полке, духовное, так как из-за жары все
снимают обувь, и культурное, так как всегда поют где-то
рядом. Или выясняют отношения.

За всю поездку никто билетов не проверял. Вероятно
считалось, что за такие условия поездки государство
должно доплачивать. Поезд шел на юг. Все больше и
больше появлялось полустанков, где местные жители вы-
носили к вагонам дары огородов и курятников. Яблоки,
помидоры, огурцы, зеленый лук, творог, сметана, молоко, творог уже со сметаной (это все молочное непонятно откуда) , яйца вкрутую, сало (с колхозного рынка,
не иначе), маринады, домашние пирожки с ягодами, мясом, творогом, вообшем, тотальный голод и дальнейшее
обнищание масс.

  На таких полустанках поезд стоит совсем недолго. Окна
открыты, торга почти нет. Или да, или нет. Поезд начинает медленно двигаться. Последние сделки

совершаются уже на ходу и бегом. Следующий час в ваго-
нах только хруст, чавканье и жевание. Холодильников
нет. Надо жрать все и сразу. Именно жрать, не есть.
Есть-это foie- de-grass, тартинки с маслинками, фарширо-
ванные голуби, шампиньоны в бургундском.

Ночь жару снимает, но немного. Идешь в тамбур,
Дверь вагона, вопреки инструкциям, открыта настежь.
Проводник, поворчав немного для проформы, оставляет
дверь открытой. Сразу становится прохладнее, А если
еще открыть дверь на переходную площадку, то, несмотря на грохот колес, возвращаешься в прохладную
жизнь.

 Вагон не спит, так не спят. Это называется "отключиться." Слишком тесно и жарко для спанья. Открытые
рты, закинутые назад головы, воздух втягивается в легкие
то со свистом, то с рычанием, то с каким-то тявканьем. А
у некоторых это вообще звучит, как хихиканье. Сколько
людей, столько и храпов.

Кондиционеров нет и неотфильтрованная угольная пыль
вперемешку со степной покрывает все и всех. На всю
жизнь запах паровозной гари. Почти как в известной ту-
ристской песне,

..А волны нежно пахнут корюшкой

И тихо плещутся в баркас

И камни с гладкой нежной кожицей

Как под коленками у нас...

Но рано утром уже видим море. Какое-то время поезд идет метрах в 20 от прибоя. Жары уже нет. У многих пассажиров мечтательное выражение лиц. Почти как у А.С. Пушкина, прощающегося с морем. Конечно, море тут не при чем. Подумаешь, много воды. Главное, что скоро все это кончится. Поездка эта. И вот уже Симферополь, Билет на троллейбус в Ялту. Одна незапланированная остановка, потому что кого-то тошнит прямо в окно. И вот Ялта.

Не успеваешь выйти из троллейбуса, как тебя окружают десятки местных. Впечатление такое, что все местные живут прямо в море, так как у всех комнаты в аренду прямо на берегу, почти в воде. Как в Венеции. Да еще и тишина, цветы, фруктовый сад, рядом поликлиника, три столовые, два кафе. И, да, чуть не забыл главное, это все почти бесплатно. Себе в убыток сдают. Людей жалко приезжающих. Когда они еще такое море увидят?

Меня, ничуть не стесняясь, тянут сразу в 8 сторон. Наверное потому, что стою с открытым ртом, а значит и с глупым видом. Наконец, одна дама, размахивая томиком Бальзака, обращается ко мне так, что бы слышал весь ялтинский автовокзал,

-Я не понимаю, вы хотите отдохнуть у моря или не хотите отдохнуть у моря? Если не хотите, то положите вот здесь, прямо на асфальт 300 рублей и троллейбус на Симферополь отходит через час. А если хотите отдохнуть у моря, недорого и в тишине-идите за мной. Не пожалеете.

Первые сомнения появились у меня минут через 15 подьема вгору. Мы шли по каким-то улочкам, вперед и вверх, пока, наконец, море не блеснуло далеко внизу в виде дымки. Я знал, что озеро Титикака находится высоко в горах. Но что бы к морю шли вгору?

-Ну, вот мы и пришли. Смотрите, какой сад! Вот ваша раскладушка в саду. Зачем вам душиться в духоте? Поживите на свежем воздухе.

-А-а. Ну а если дождь?

-Ваша же раскладушка под деревом. Или, вон сарайчик. Я его не закрываю на ночь. Он вполне обитаем. Месяц назад там жила семья из Улан-Удэ. А построен был для нашей козы. То есть, там не протекает и можно сено подстелить.

-Но, я не один и скоро…

-Ваша девочка скоро прикатит? Молодые, вам и на одной раскладушке то, что надо. Мне бы ваши годы, я бы вообще на траве. У меня есть еще шезлонг, так что все устроим.

-Да нет, два моих товарища должны приехать.

-Так где проблемы? Не вижу. На веранде есть одна кровать. Завтра дед, что на ней храпит, уезжает в свой Нарьян-Мар. Или Кобулети. Так и не поняла, откуда он. Ну и ваши друзья на этой кроватке, на веранде, "валетиком". Зато свежий воздух.

-Так а до моря-то как?

-До моря? Под горку, как колобки, вообще двигаться не надо. А не душиться в автобусах.

-А обратно как?

-Так там на пляже и такси стоят, и автобусы, и маршрутки, и частники. Только моргни. Ты же на отдыхе. Пускай другие работают на тебя.

При всем этом она не выпускала из пальцев томик Бальзака. Я успел заметить, что это 21 том, так называемые "Озорные рассказы." Да, и дама была бальзаковского возраста. Отсюда, наверное, и 21 том собрания сочинений.

Количество сарказмов, шуточек, и намеков, которые мои двое друзей выплеснули на меня за 35 минут подьема от автовокзала к жилью "у моря," да не прольется в виде напалма. И это я еще не намекнул им на спанье "валетом" в одноместной кровати. Но я не учел расслабляющее влияние крымского солнца и убаюкивающей дымки где-там, вдалеке, где, как люди утверждали, находилось море.

А когда на следующий день мы стояли с подносами в кафе на берегу, где работали совсем молоденькие практикантки из кулинарного училища, то общее наше настроение улучшилось. Но практикантки молоденькие не обращали на нас ни малейшего внимания. У них почти на наших глазах происходили бурные романы с местными кабальеро, которые уже с 11 лет носили усы. Как говорили отдыхающие, "В районе этого кафе море штормит на два балла сильнее."

Блюда в прибрежном кафе делились на диетические и обычные. Из диетических мы каждое утро выбирали одно, которое я, в порыве заинтересовать 16-летнюю раздатчицу, назвал "сардельки в собственном соку. " На что она громко обратилась к одному усато-полосатому, ревниво глядящего на нее с углового столика,

-Смотри, Ренат, как он смешно сказал про сардельки. Вроде у них сок есть!

Ренат, который занимал этот угловой столик все время, пока его пассия была на смене, с презрением глянул на меня. Чем-то его стоицизм в кафе напоминал пастуха где-то на высокогорье со стадом овец. Тот же учет и контроль.

А мы шли на пляж, где часами играли в преферанс, изредка освежаясь в волнах. Комментарии по моему адресу шли потоком. Это за спанье "валетом" и туалет, типа "ведро за сараем, "

-Слушай, он знает, что на мизере не надо брать взяток?

-Не трогай нашего квартирьера. Ему впервые пошла карта, вот он и берет взятки, сколько может.

-Ты представляешь, если бы мы играли по копейке на взятку, то благодаря ему,-кивок в мою сторону, - мы могли бы уже стать на очередь на кооперативные квартиры.

-Или на "Жигули."

А потом мы просто лежали на топчанах и вели треп о кино, о рецепте фенидонового проявителя, о холере в Одессе и о несуществующей личной жизни. Один из моих друзей, высокий и белокурый, уже встречался с отличной девочкой. Она была и умной и симпатичной. Мы были с ней знакомы и открыто выражали нашему белокурому и высокому свое одобрение, слегка смешанное с белой завистью. Он же о ней говорил только в уменьшительно-ласкательных терминах. Что не вызывало никаких возражений.

Хорошо скрытый романтик, тоже высокий, поджарый и с глазами, как на портретах раввинов работы Рембрандта, по моему мнению уже полностью созрел для всего. В том числе и для женитьбы прямо в ялтинском порту. И прямо на трапе. Он ждал своего часа и, поэтому, даже купаясь, не снимал часы.

Я же переснял рекламу помады из польского журнала "Uroda" и таскал с собой черно-белую фотографию белозубой и голубоглазой красавицы, кокетливо держащую в зубах аленький цветочек. Фотография была страшного качества, что добавляло достоверности. Если бы эта фотомодель знала, какую биографию я ей выдумал, то оиа бы вышла за меня замуж. Где-то на неделю. А больше и не надо.

Мы везде ходили втроем. Комбинация элегантности с налетом аристократизма-это от белокурого, романтической привлекательности и глубокомысленного молчания-это от второго, и нескончаемый треп на любую тему-это от меня, была беспроигрышная. Никто не мог устоять. Обычно мы представлялись студентами ВГИКа, мастерские режиссера Михаила Швейцера и операторская-Сергея Урусевского.

Уличить нас было практически невозможно, так как мы всегда говорили, что поступили совсем недавно. И самое главное, никто и не хотел нас ни в чем уличать и изобличать. Все было легко, молодо, и весело.

А как еще могло быть, если до движения #MeToo и трансгендерных откровений оставалось еще почти полвека.

Желание

Вечер был никакой. То есть, не серый, не мрачный, не дождливый, и не летний. Был блеклый. И все в этом городке в этот вечер так и выглядело, блекло. Мы, я-командированный, и мой товарищ-местный в трех поколениях, постояли перед обьявлением, что "Танцы с 20-00 до 23-00. Работает буфет," и пошли в столовую напротив. Взяв по три компота и заплатив ничего, ибо кассирша была в отношениях с моим товарищем, мы присели за столик. Если пиво и то, что покрепче, можно и нужно пить стоя, это по-мужски, то стоя пить компот могут только снобы.

Напротив, через окно, сиял окнами клуб имени вождя. А справа находилась местная власть, в виде крепкого здания горкома партии. Кивнув в ту сторону, мой приятель,

-Предложили временную работу.

-Хорошо. Лишнего дохода не бывает. На сезон?

-Да нет, на день.

-То есть, это из какой страны к нам пришло?

Он рассмеялся,

-Да нет, все просто. Предложили взять интервью на нашем метзаводе. А то номер нашей газеты нечем уже заполнять.

Мой товарищ был остроумным и начитанным. Его настоящим призванием была эстрада. Обладая совершенной памятью,- с хода запоминал 2-3 страницы эстрадного монолога, - великолепной пластикой, врожденным чувством ритма и паузы, спортивной фигурой и совершенно обезоруживающей улыбкой, он был готовым кандидатом в театральные вузы столицы. Но он предпочитал жить там, где родился, в одном из угольно-металлургических центров страны. Часто он за просто-так выступал в главном клубе города. Его знали и любили.

Я видел его в деле не один раз и всегда задавал себе один и тот же вопрос, "А неужели это все вот так и останется?"

-Интервью? На нашем металлургическом заводе? По-моему, о нем написали и все что было, и что есть, и что будет.

Заканчивая второй стакан компота и пережевывая чернослив, он,

-Ну, вот за это мне и дали. Штатные уже ничего из этого выжать не могут. Я хочу подработать? Пожалста, бери интервью, давай материал. Ежли подойдет-получишь. Что-то. А нет, так нет.

Мы помолчали. Этот завод был не самым новым, но в местной прессе фигурировал чуть ли не каждый день. А его присутствие ощущалось постоянно. Даже через плотно закрытые окна.

-Слышь, ты же там каждый день уже несколько месяцев. Да и ездишь к нам уже больше двух лет. Вон, моя Светка,-кивок в сторону молоденькой кассирши,-говорит, что надо тебя временно оженить. Чего-нибудь подскажи в тему. О чем интервью? С кем?

-Я откуда знаю? Технические детали о ремонте третьей домны ни кому на фиг не нужны. Интервью с кем, конкретно? Уже, по-моему, говорили со всеми. Даже с охранниками на проходной.

Воцарилось молчание.

-Я откажусь. Материал нужен на послезавтра. Где я его накопаю? Гори те жалкие миллионы долларов желтым пламенем.

Компот был допит. Я подошел к Свете и еще раз сказал "Спасибо," на что она, не отрываясь от кассы, негромко буркнула,

-А вот была бы у тебя в гостинице хорошая девка, и не ходил бы сюда за компотом.

И весело рассмеялась.

Блеклость исчезла. Стало темно. Мы прошлись по главной улице туда и обратно. Молча, в основном. А потом он,

-Слушай, давай сложим мозги вместе минут на пять. То есть, думаем только о теме интервью на металлургическом заводе. Если не придумаем, все, иду сдаваться.

Мы сложили мозги, как и предлагалось. Уже подводя меня к гостинице, это минут через 35, мы споткнулись о грандиозную идею. Как мы не пришли к ней два часа назад, непонятно. Договорились встретиться завтра под конец смены на выходе одного из главных цехов.

Мы встретились не у выхода из цеха, а у входа в раздевалку и душевую. И как раз в конце смены, когда отдав-
шие за 8 часов работы в горячем цеху по полтора литра
пота молодые, и не совсем, металлурги шли в душ. Вода
для мытья в душе бралась из конденсата пара из тур-
бины. Она была горячая и очень мягкая. Так требовала
турбина. Из-за химикатов вода была очень мыльной на
ощупь. Смывала все, но ощущение мыльности не прохо-
дило.

Самоидентификация как трансгендера так и "альтерна-
тивщика" в этом городке еще не пустила корни. Поэтому, когда мы вошли в раздевалку, где человек 25 почти голых мужиков одевались-раздевались, никто не воз-
мутился, прикрылся полотенцем, или руками. И даже не
начал вызывать своего адвоката. Из самых пристойных
комментариев в связи с нашим появлением я помню,

-Ну посмотри, посмотри. Хоть будешь знать, какой
надо.

-Если в колхоз записываешь, то я-импотент. А то, что ви-
дишь-это из магазина.

И тому подобное. Мой товарищ, а многие его знали, и
поэтому комментарии были смешными, хлесткими и не-
печатными, перешел к делу,

-Мужики, из нашей газеты попросили ответить на пару
вопрос…

-Да чего там. Мы все за мир. Удушим капитализм. Сначала на себе попробуем.

-Да нет, хоть дослушайте, вопро…

-Та, чего слушать? Смерть сионизму!

--Напиши мне, мама, в Египет, как там Волга..

В конце концов веселье улеглось. Одни одевались и уходили, на смену им заходили новые. Раздевалка не пустела. Было очень жарко и влажно.

-Значит так, мужики, два вопроса. Имен не надо. Только ответы. Хоть послушайте.

Несколько человек, обтираясь полотенцами,

-Ладно, трави. Атаман слухае.

Мой товарищ слегка напрягся. Я, который стоял рядом, тоже. Сейчас будет или всеобщий смех, или улюлюканье, или, что еще вероятнее, насмешливое молчание.

-Значит так. Первый вопрос. Вам на 24 часа дана абсолютная власть. Во всем и над всеми. Что вы сделаете?

И в раздевалке наступило молчание. Полное. С тех пор, как мы вошли. Никто не задавал идиотских вопросов, типа, “…по всему миру?” Или , “…как бог?” Люди продолжали делать то, что делали. У всех, кого я мог видеть в туманной духоте раздевалки, лица были нет, не серьезные. Скорее, как-бы отрешенные. Никто не хихикал. Никто не спрашивал, а бабы, мол, все бесплатно? Потом кто-то,

-Ну, чего телишься? Давай сразу и второй вопрос.

-Ну, а второй вопрос…, да нет, один вопрос, и это все.

Я с удивлением глянул на моего товарища. Ровно 40 секунд назад мне в голову стукнула та же мысль, что второй вопрос ни к чему. Он почувствовал то же.

И пошли ответы. Много. И такие разные, что ни он и
ни я не могли себе представить, что после смены в горячем цеху можно даже думать так. Мой товарищ не успевал записывать. Конечно, никакого магнитофона у нас
не было. Несколько человек, столпившись у выхода,
спрашивали, а можно ли по два ответа. Все было можно.
Ибо все было анонимно.

А потом мы вдвоем сидели на лавочке в сквере, у клуба.
Говорить не хотелось. Мы почувствовали, что ненадолго
сковырнули заскорузлую корку с чего-то, что даже не
имеет названия. Момент истины? Не знаю. Но ни в одном ответе не присутствовало слово “Деньги.”

Интервью газета не приняла.